一树橘香丰满秋

——纪念曾巩诞辰1000周年
全国散文名家南丰采风行
散文作品选

中国散文学会
江西省历史学会曾巩文化研究专业委员会 编

中国文联出版社

图书在版编目（CIP）数据

一树橘香丰满秋：纪念曾巩诞辰 1000 周年全国散文名家南丰采风行散文作品选 / 中国散文学会, 江西省历史学会曾巩文化研究专业委员会, 编. -- 北京：中国文联出版社, 2021.10
　　ISBN 978-7-5190-4679-8

　　Ⅰ. ①一… Ⅱ. ①中… ②江… Ⅲ. ①散文集－中国－当代 Ⅳ. ①I267

中国版本图书馆 CIP 数据核字(2021)第 209261 号

编　　者	中国散文学会，江西省历史学会曾巩文化研究专业委员会
责任编辑	阴奕璇
责任校对	祖国红
装帧设计	肖华珍

出版发行	中国文联出版社有限公司	
社　　址	北京市朝阳区农展馆南里 10 号	邮编　100125
电　　话	010-85923025（发行部）	010-85923091（总编室）
经　　销	全国新华书店等	
印　　刷	中煤（北京）印务有限公司	

开　　本	710 毫米 x 1000 毫米　1/16
印　　张	14
字　　数	216 千字
版　　次	2021 年 10 月第 1 版第 1 次印刷
定　　价	49.80 元

版权所有·侵权必究
如有印装质量问题，请与本社发行部联系调换

穿越在橘香四溢的世界

——散文集《一树橘香丰满秋》序言

张立华

2019年9月22日,时值中国丰收节和"唐宋八大家"之一曾巩1000周年诞辰之际,由中国散文学会组织的31名中国散文名家走进南丰县,开展以"魅力南丰·秋谷丰登"为主题的文学采风活动,拉开了品读江西丰收美景的大幕。通过参观走访,作家们踏遍青山绿水,穿越橘香世界,结缘多彩南丰,从文学视角发现不一样的中国蜜橘之乡,呈上作家们对南丰的深情礼赞。

这本散发着橘香的散文集,以大量的篇幅记录了南丰的发展变迁和历史文化,通过作家们的诗意表达,生动形象地展示出橘乡的风景、风情、风物,呈现南丰在城市乡村建设中的巨大成就,展现新时代南丰人民勇于拼搏的精神风貌,助推南丰县社会经济文化事业的快速发展,将南丰的橘文化、傩文化、瓷文化、曾巩文化等地方特色文化和秀美的自

然风光推广到全国，推向世界。

行在南丰，时时刻刻都充满着惊喜，这片沃土上孕育出的多元文化和自然美景，以及南丰人追求美好生活的图景始终浮现在我的眼前。

南丰是一块神奇的土地

南丰建县于三国吴太平二年（257），迄今已有1700多年的历史。南丰县城因为东南平直而两尾短，形似一把古琴，故称琴城。它被誉为"世界橘都、中国傩乡、休闲南丰、曾巩故里"。"千岁贡品——南丰蜜橘""千载非遗——南丰傩舞""千古才子——曾巩""千秋古窑——白舍窑""千年古邑——南丰古城"，已经成为南丰县五张亮丽的名片。经过世世代代南丰人的不懈追求和奋力拼搏，南丰每一块土地上都播种着幸福的希望，处处散发着橘香。

南丰境内还保存有南丰古城、琴城明清古街、琴城明清古城墙、宋元白舍窑遗址、石邮傩文化古村、洽湾船形古镇等古迹，它们成为南丰县一道独特的风景线，富有浓郁的地方特色，氤氲着江南独特的风情，温婉灵动，引人遐思。南丰，这座因橘而闻名的古城，在今天焕发出奇光异彩。

南丰是一个文化高地

江西悠久的历史，造就了一大批文化名人，为中国的文学宝库增添了光彩。千年才子曾巩是南丰人的骄傲，是南丰的文学地标。曾巩文化孕育了南丰人独特的精神气质，为南丰人提供了强大的精神力量，激发南丰人不断创新，激发出南丰人奋力拼搏的勇气和文化上的自信。

南丰正在把曾巩文化和蜜橘文化的品牌擦亮。曾巩文化和蜜橘文化已成为南丰人连接中国、连接世界的一个重要纽带。

南丰是一个山水梦境

南丰有海拔1761米、号称"赣东之脊"的军峰山，它是抚州境内第一高峰。每到秋天，层林尽染，美如画卷。这里有碧波荡漾、清澈湛蓝的潭湖。春风吹过，涟漪必现，橘香拂面，人荡舟湖中犹如置身梦境。行至观必上乐园，在怀古想今的思绪中，可以远眺军峰耸峙，又可近览潭湖秋色。军峰山像琴城的卫士，承载着这片土地的沧桑；潭湖似南丰的眼睛，凝望着苍穹下的世外桃源。

盱水微澜，拨动着古城人的心弦。高山硬得坚实，湖水软得活润，刚柔相济，奏响一曲优美的琴城之歌。情由景生，笔随心动，寄情于山水之间，放逐于自然之中，作家们为南丰而文，为琴城而歌。此时此刻，精美的文字早已播种在希望的原野上，湖水岸边繁花似锦，映照出南丰人的蓬勃生机。

南丰是一个甜蜜乐园

在时代发展的长河里，南丰人勇于改革、奋勇争先，大力弘扬地方文化，通过发展地方经济，向世界展现南丰乡村的田园风光。南丰以打造特色生态文化旅游、擦亮南丰品牌建设为抓手，促进南丰农耕文化和现代生态农业的深度融合，滋养着一代代橘乡儿女，孕育出千百年来薪火相传的蜜橘文化，开启了南丰人的甜蜜事业。

近年来，南丰人以"世界橘都·休闲南丰"为主题，在全域旅游理

念的引导下，启动了"七大核心景区"开发，其可以概括为"一山一城一湖一岛一泉一园一漂流"。南丰县旅游产业逐步升级，开启康养休闲度假胜地新模式，已经驶入康养胜地的快车道，构建起南丰人梦中的原乡。随着南丰人自主创新能力的不断提高，南丰必将迎来它的高光时刻。

这一系列构想及其实施，奠定了南丰美丽胜境的基础。在如诗如画的风景中，作家们有了深度的沉浸，通过参观寻访，调动起他们的所有情感，让激情涌入笔端，为南丰新时代社会文化发展助力添彩，筑牢南丰文学的"绿水青山"，进一步提升南丰的整体形象。

今天，当我们打开这本散文集，用心去触摸这些生动形象的文字，每一个灵动的文字都跳动着南丰人的脉搏，让我们感悟生命的律动，品味文化的馨香。当我们行走在秋季的章节里，那阵阵橘香从字里行间飘散出来，给我们带来甜蜜的味道。南丰的味道是香甜的，南丰更是一个风情万种的地方。蜜橘飘香的时节，南丰的山山水水再一次换上了新装，美如画卷。这一树树橘香定会丰满这个秋天，芬芳我们的幸福生活。

我们期待更多的作家和行者，踏上美丽的南丰，开启快乐的旅程，成为今日南丰乡村振兴新的见证者。让我们一起走进南丰，穿越橘香世界，奔向大美南丰的怀抱。

2020年12月1日于北京

目　录

蜜橘外交	周　明 / 001
南丰秋韵	谭　谈 / 007
橘红的记忆	姜琍敏 / 011
向曾巩致敬	阿　成 / 018
千年曾巩遗墨飘香	周振华 / 021
南丰拜曾巩	张映勤 / 029
南丰缘	沈俊峰 / 035
南丰三原色	凌　翼 / 041
让爱在梦里开花	吴光辉 / 049
一颗橘子的想象	张庆国 / 061
在南丰识曾巩先生	石华鹏 / 069
在南丰见识曾巩和"傩舞"	王晋军 / 078
盱江流蓝	张华北 / 083
"千年"名片里的南丰	刘克邦 / 090
半春南丰	郭宗忠 / 100
感念江西	姚正安 / 107
从这山到那山	綦国瑞 / 114
橘生南丰	周闻道 / 120

甜蜜的南丰	于秋月	/ 130
我从南丰带回了橘子香	王子君	/ 134
再遇傩班	柳易江	/ 141
橘之乡	赵燕飞	/ 152
南丰的橘	王　童	/ 158
东鲁家声远	高　振	/ 162
抚州寻梦	朱佩君	/ 170
致曾巩：江西的颜色	王晓君	/ 174
千年一瓣香	申瑞瑾	/ 179
跳傩舞的少年	陈　晨	/ 190
最是橙黄橘绿时	董晓奎	/ 196
早酒・水粉・红辣椒	秦锦屏	/ 202
一树橘香南丰来	张立华	/ 208
后　记		/ 215

蜜橘外交

✍ 周 明

我这一辈子,走南闯北去过很多地方,领略过天下各种漂亮的橘子和盎然的橘园。但目睹眼前这铺至天边的橘树和宛如繁星的橘子还是第一次。十月,是江西南丰最美的季节。"万亩橘园披金甲,曾巩故里遍地诗"。人们忙活了一年又开始收获了。

南丰蜜橘进化千余年,勤劳的南丰人民靠他们的聪明才智,把小小蜜橘身上的所有优点保留和传承了下来,使之成为人间仙果。南丰,早在1995年就被农业部命名为"蜜橘之乡"。上好的蜜橘为南丰大地留下了很多令人难忘的故事。

借曾巩和蜜橘这两个文化元素,南丰这座具有1700多年历史的省级历史文化名城,得到了丰富与发展。南丰古城拥有千岁贡品——南丰蜜橘、千载非遗——南丰傩舞、千古才子——曾巩、千秋古窑——白舍窑、千年古邑——南丰古城这五张响亮的"文化名片"。这五张名片预示着南丰的地域特色鲜明的走向。

绿水青山就是金山银山。南丰大地青山叠翠、绿水泛波，是镶嵌在赣东南的一颗璀璨明珠。这里盛产的蜜橘，唐开元以前就有种植。由于橘果品相上乘，便成为皇室贡品。据考证，当年从江西进贡给唐玄宗和杨贵妃享用的乳橘即南丰蜜橘。

宋、元时期，南丰蜜橘作为皇室贡品一直延续。明以后，南丰蜜橘渐趋兴旺。到18世纪末，南丰蜜橘逐渐成为著名特产。清代后期南丰蜜橘规模累进，年产达3000吨以上。光绪元年（1875）《清朝文献通考》记载："南丰产橘极佳，秋间可售一二十万元。"清同治《南丰县志》载："果之有橘，四方知名，秋末篱落丹碧累累，闽广所产逊其甘芳，近城水南、杨梅村人不事农功，专以为业。"可见，南丰蜜橘，乃甘甜上品，无可比拟。由此，南丰境内出现以蜜橘生产为主的专业村落，规模宏大，种橘户有500余家，2000余人口赖以为生。

民国期间，因屡遭天灾和人祸，南丰橘园的发展受到了极大影响，人们不愿看到的景象接连而至，蜜橘产量下降，生产基本处于停滞状态。

中华人民共和国成立后，南丰大地春意盎然，草绿了，花开了，一双双燕子飞回来了。南丰人民欢天喜地，憧憬着美好的未来。

改革开放后，南丰蜜橘产业如鱼得水，形成了农工贸相联合、产供销一体化的多元化发展格局。全县5万多个农户几乎家家户户种蜜橘，包装、加工、农资、流通、服务等相关产业一同沐浴改革春风，蜜橘成为南丰县的支柱和富民产业。眼下，南丰县农民人均纯收入名列江西省首位，这其中2/3来自蜜橘产业。我们走进南丰，意外地听到许多关于南丰蜜橘鲜为人知的故事。

1951年11月7日，在南丰县水南乡（现琴城镇水南村）发生了一件激动人心的喜事，全村橘农精选的1000公斤上等南丰蜜橘，分别敬送毛泽东主席和苏联斯大林元帅。

这一年，水南乡实行了土地改革，翻身橘农成了土地的主人，由衷感谢共产党，感谢毛主席。这年的金秋，橘农们第一次以主人翁的喜悦心情迎来了第一个蜜橘丰收年。望着金灿灿的蜜橘，大家高兴得像吃了蜜糖似的，家家欢声笑语。此时，驻村工作组与当地村干部商量，要精选一批最好的南丰蜜橘敬送毛主席和苏联的斯大林元帅。这一建议得到当时的农会主席曾嘟仔的支持，并在11月6日晚召开的农民协会上获得一致赞同，当晚的会议还对有关选送橘子的具体事项做了详细安排。

11月7日清晨，整个水南村便忙碌起来，有的加工木箱，有的进城购买纸张，有的上山采摘松树叶。橘园里更是一片欢腾，有说有笑，橘农们站在"人字梯"上边唱歌边采橘。不一会儿工夫，一筐筐黄澄澄的上等蜜橘从橘园挑到农会，再经过逐个精选，用白纸逐颗地精心包裹，一层一层地装在特制的木箱中，每箱25公斤，共40箱，计1000公斤，最后附上分别给毛主席和斯大林的两封敬赠蜜橘的信，鸣放鞭炮，热热闹闹地送到区人民政府，由区、县政府分别送往北京和莫斯科。

事情的起因是这样的：早在1949年12月，中共中央主席毛泽东出访苏联参加斯大林的70寿诞并商讨订立新的中苏条约，毛主席代表中国人民向斯大林赠送了寿礼，其中就包括南丰蜜橘。斯大林看到南丰蜜橘，觉得小巧可爱，便信手剥皮尝了一个，感到很甜，又没有核，便吃了下去。接着他又剥了一个，只一口便吃下去了，并且说："这橘子一口一个，不用吐核，中国的小橘子，很好。"听到斯大林说好，苏共政治局委员们也纷纷品尝，大家边吃边说："中国的小橘子，很好。"由此南丰蜜橘誉满全苏，吃南丰蜜橘成为苏联的一时风尚。这才有了后来南丰县水南乡橘农为斯大林送无核蜜橘的事情。

1951年11月25日，《江西日报》头版刊登了水南乡橘农分别给毛主席和斯大林的信，内容如下。

敬爱的毛主席：

我们以快乐和感激的心情，向您报告两年来的幸福生活。过去，在反动统治时期，我们租地主的地，按三七交租，所以每年春天橘树开花的时候，就出卖了"秋橘"，我们一年累到头，都不能得到一暖半饱！

自从南丰解放以后，我们的痛苦解除了，总算见到了天日。两年来，在共产党和人民政府的领导下，我们进行了减租、废债、退押、反霸斗争；今年秋天，乡里又实行了土地改革，我们分得了田地、房屋，分得了粮食、农具，过去那种挨冷受饿的日子，已经一去不复返了。尤其是人民政府的贸易公司，帮助我们打开了蜜橘的销路，提高了价格，使我们生产出来的南丰蜜橘畅销全国，我们的生活因此又得到了改善；去年冬天和今年初冬，我们普遍添置了新衣和新农具，在您的英明领导下，我们的日子正一天比一天过得好。当这收剪的时期，我们送上刚剪下的蜜橘一千斤，给您尝尝，表示我们一点心意。

敬祝身体健康！

南丰县水南乡全体橘农上

一九五一年十一月十五日

给斯大林的信是这样写的（节选自《江西日报》）：

伟大的斯大林大元帅：

  我们中国人民在您领导的苏联援助下，取得了革命的胜利。目前我们正在蓬勃地建设新生的祖国，美帝国主义不甘心失败，妄想继续侵略我国。一年来，我们全国人民在抗美援朝中，表现了无比的英勇，在保卫祖国、保卫世界和平的事业上做了伟大的贡献。我们水南乡的全体农民，捐献了二千八百多万元，给我们中国人民志愿军买飞机大炮，我们愿意和全国人民、全世界人民一道，为打垮美帝国主义的侵略和捍卫世界和平而努力。

当时我17岁，亲身经历和感受到了中苏如同兄弟一般的友谊。当时中国人民称苏联为"老大哥"。

1950年，中、苏两国在莫斯科签订了《中苏友好同盟互助条约》。从此，中、苏两国开启了崭新的互助合作，条约的签订也对整个国际格局产生了巨大影响。

在"一五"计划期间（1953—1957年），苏联为我国提供了156个

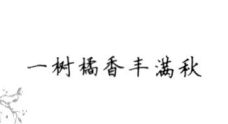

重大项目的援建。这些重大项目的上马，强化了中国早期的工业基础，促进了中国经济建设的发展。

本着国际共产主义精神，成千上万的苏联专家来到中国。与此同时，我国也派出了大批学子去苏联留学。

中、苏两国之间在文化科学方面进行了大量交流，苏联电影在中国上映，苏联文学、苏联歌曲在中国风行一时。记得当时苏联文化的传播对我这个17岁的青年来说，影响还是很大的。

为了答谢苏联人民的援助，南丰人民将他们的劳动果实——一千斤蜜橘，献给斯大林同志。这每一颗蜜橘都表达了中国人民的深情厚意。

南丰人民就是在这样一个大背景下，有了这个广为流传的革命故事。为两位领导人写的信，日后成了他们种植蜜橘始终如一的动力与信念。过去70年了，南丰人民每当提及此事，都心潮澎湃，激动不已。如今，当我走进水南乡，领略广袤的橘园，展现在眼前的是万亩黄金诗满园！2018年，南丰县实现生产总值120亿元，财政总收入12.4亿元，农村居民人均可支配收入突破2万元，连续8年居江西全省第一，城镇居民人均可支配收入突破3万元。如今的南丰人民，以蜜橘种植为主产业，在诗情画意的橘园里，辛勤劳作，心怀感恩，不忘初心，日子过得像南丰蜜橘一样，甜甜的，美美的！

南丰秋韵

谭 谈

在秋日行走南丰,那是极妙的选择!

这个季节,你踏入赣东南的这片土地,看山,看水,看天,都是一幅美妙的图画。

车在高速公路上飞驰。我伏在车窗边,目光投向一晃而过的两旁山岭、原野。山,绿得深沉。偶尔钻出或一抹或一团被秋风染黄的亮色,使你觉得它是如此厚重和成熟。田野间,已是遍地金黄了。稻子熟了,轻风送来阵阵清香。此时此刻,飞驰的车啊,我真想要你停下来,让我抚摸抚摸、亲吻亲吻这幅美得让人心跳的大地秋日的图画啊!

远远地看到,那山山岭岭浓绿的树叶间探出小星星似的黄果果来。那些小果子像待嫁的村姑,几分羞涩似在深绿的树叶间躲躲闪闪,诱惑你真想快一点儿走上前去探个究竟,看个真切。

九月,正是蜜橘即将成熟、果实酿造甜蜜的时节。再有半个月,它们就将进入全国乃至全球的千家万户,去甜润人们的生活。

行走南丰之前，我对这个古老县域的认识，就是南丰蜜橘。果子不大，和我们家乡的橘子比起来，还真让人看不上眼。然而，果子是用来吃的。检验果子优劣最好的办法，是放进嘴里品尝。好多年前，友人送给我一筐这样的小个儿橘子。好多天都没有去动它，总觉得它太小了，没看上眼。某一天，随手抓了几个，一剥，其皮极薄，又极易剥。剥皮后，放几瓣到嘴里，一嚼，甜极了！这时候，方感到小看它了，委屈它了，顿时有一种相识恨晚的感觉。

这次，当远方的友人邀我行走南丰时，我毫不犹豫地应允了。而在我心里，真正的邀请函，是这里那小小的橘子呀！

晚间，县人大常委会主任老段陪我们一起进餐。席间，听他数说南丰，言语里满是自豪与自信。这是一块古老的土地，建县于三国吴太平二年(257)，迄今已有1700多年历史。令南丰人自豪的，他们自己形象地概括为五个"千"：千岁贡品——南丰蜜橘，千载非遗——南丰傩舞，千古才子——曾巩，千秋古窑——白舍窑，千年古邑——南丰古城。令南丰人引以为傲的千古才子曾巩，是唐宋八大家之一，是大文学家，尤以散文见长。2019年，恰逢他诞辰1000周年。这些天，曾巩故地，开展了丰富多彩的活动。散居世界各地的曾氏宗亲，都纷纷赶来这里，纪念他们先辈中的这位千古才子。在曾氏祠堂四周建筑物的高墙上，悬挂满了红布条幅，条幅上标示的是遍布于南北各地的曾氏宗亲会。看着那红红的一片，我顿时感到，这也是这块土地上的亮色，一片秋日的亮色！

第二天上午，我们走进了一个极有神韵的庄园，名为"国礼园"，顾名思义，是出产国礼的地方。

这里有一个动听的故事。中华人民共和国成立后的1949年12月，毛泽东主席出访苏联，一则代表中国商讨与苏联订立新的中苏条约，再则代表中国人民向中国人民的伟大朋友斯大林的70诞辰祝寿。南丰产的这种小小的果子与用湖南湘绣绣制的斯大林画像等，一道被选为国家的礼物，送到了万里之外的莫斯科，送到了斯大林的面前。斯大林剥了一个橘子吃了，连连夸奖果甜，好吃。1950年1月《中苏友好同盟互助条约》签订后，毛泽东、周恩来在莫斯科举行盛大宴会，款待各方友人。出席这次宴会的斯大林和苏联高层领导者，品尝了摆放在餐桌上的南丰蜜橘后，又是一阵夸奖。当年，被毛泽东选为国家礼物的1000斤橘子，就是这个园子里出产的。此后，这里就定名为国礼园了。每年来这里的参观者络绎不绝。如今，国礼园已是声名远播。

我们漫步在园内，只见一株株橘树上，浓绿的叶片间挂满了小酒盅似的小果果。向阳的一面，果皮已开始泛黄了，成熟在即。人们兴奋地在树丛里拍照留念，人人脸上都挂着开心的笑容。我们的共和国即将迎来70周年华诞，这时候我徜徉的果园——作为国家规格礼宾的礼物——橘子，就出自这个园子，此时此刻，你能不兴奋吗？

两天中，我们在南丰大地上行走，在南丰果园间穿行。从南丰人的口中我们了解到：全县32万人，有20万是橘农；280万亩土地，有70万亩种的是橘子；每年全县产橘26亿斤，橘子收入达120亿元；最优质的橘子，一元一个；在全国160多座城市，都有他们的营销中心。26亿斤，是什么概念呀？14亿人口，每人近2斤呀！段主任自豪地对我说："在欧美，我们南丰靠橘子争来的名气，比我们省会南昌的名气还大。那些外国人，许多人晓得南丰，而不晓得南昌！"

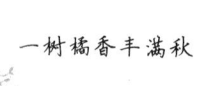

橘子是甜蜜的，种橘人的生活也一年比一年甜蜜！如今，南丰县农村居民年均收入达2万多元，连续8年居江西全省第一！

在那一座座甜蜜的橘山环抱之中，躲着一个美丽的潭湖。秋日，湖水澄清、透明。难怪古人形容美丽的姑娘清亮的眼睛时，总爱用清亮如秋水。而南丰潭湖的秋水，比起他处之秋水，更有一番情趣。四面青山，倒映湖中。涟漪里，泛着绿光，使湖水显得更清、更亮、更透明。山间橘树间，一个个泛黄的小橘果荡动在水波里，如一颗颗跳动的星星，别有一番韵味。湖中有一个生态养生岛，是国家4A级旅游风景区。这里，森林覆盖率达98%，被誉为"空气维生素""空气长寿素"的负氧离子含量达每立方厘米1300个，是世界卫生组织"清新空气"标准的13倍。如果每年能到这里住上一两个月，对肺叶来一番彻底的清洗，不长寿才怪哩！

午间，我们就在湖边农家餐厅就餐，吃的全是山间、湖中采的绿色食品。这才叫健康饮食呵！这湖里的小游鱼，油炸以后，口感更美，又香又脆……

站在湖中的船头，举头望望头上的天空：湛蓝、高远。远处飘过来几团白云，不时变幻着形状，一会儿像天狗咬月，一会儿如蛟龙腾飞，一会儿似游鱼戏水……勾起你无边的想象。

秋天行走南丰。南丰的山是甜的，南丰的水是甜的，南丰人的心也是甜的！

愿南丰人的生活一年比一年更甜美！

橘红的记忆

✎ 姜琍敏

橘子本是寻常物,我却对它有着一份特殊的情感。

因为我亲历过一段橘子乃至粮食都异常金贵的日子。现在的孩子一出生就"理所当然"地拥有五花八门的水果,这些水果几乎都是我七八岁时还没有品尝过的,因而第一次吃到橘子的记忆至今还深深烙印在我的心头。

大约是1961年的秋天,父亲从上海学习回来,一进门就不无神秘地笑着,从黄挎包里取出个比巴掌大不了多少的新铝锅,让我和姐弟猜猜里面会有啥。

我们从糖果、饼干到馒头、鸡蛋甚至铅笔、橡皮等几乎猜了个遍,就是没想到,小铝锅里竟是三只红皮鸡蛋大的橘子!

几乎是眨眼之间,我就把属于自己的一个橘子吞下了肚。那份沁心的甜,那种特异的香,从此便不可能忘却了。现在我还清楚地记得,我们三姐弟是把那橘子的皮放在枕头边,天天嗅着它的橘香睡觉,直到它霉烂才

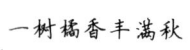

恋恋不舍地扔掉的。我还记得，吃橘子时只有姐姐对父亲和母亲谦让了一下，可母亲说她早就吃过橘子，才不稀奇呢，而父亲则说他在上海时都吃饱了。为人父母后，我想起这事，才明白他们当时是撒了谎的。

不过，我真的在几年后过上了可以在物质依然匮乏的时候，能放开肚皮吃橘子并也能让家人畅快地吃橘子的日子，那是在1969年末，我幸运地被下放到太湖西山岛上的煤矿后——这个幸运是后来才意识到的。当我们的小火轮在烟波浩渺的太湖上颠簸之际，当我和同伴们在深秋的风中挤在舷梯旁，望着扑面而来渐渐清晰的群山雾障，忐忑地猜测着未来的命运时，我的心里其实是相当晦暗的。因为命运的不可捉摸，因为未来的不确定性，我本能地担忧着那不可知的未来。

怎么也没想到，西山其实是个盛产橘子、桃梅、茶叶的花果之乡。而我们来时，正是橘子成熟的时候。一上岸我就惊喜不已地看见漫山遍野的橘园，绿叶纷披的枝叶间，沉甸甸地缀满诱人的小红灯笼。那情景，看过归亚蕾主演的《橘子红了》便不难想象了，因为那部电视剧中的许多场景就取自西山和东山。第一次回苏州探亲时，我倾囊而出，背了两大桑篮橘子回家，骄傲而无须做作地对父母姐弟说，你们只管吃，我在山上早就吃饱了……

也是在西山的时候，我无意中在一个上海知青家里读到了屈原的《橘颂》：

> 后皇嘉树，橘徕服兮。
> 受命不迁，生南国兮。
> 深固难徙，更壹志兮。

绿叶素荣，纷其可喜兮。

曾枝剡棘，圆果抟兮。

青黄杂糅，文章烂兮。

精色内白，类任道兮。

纷缊宜修，姱而不丑兮。

嗟尔幼志，有以异兮。

独立不迁，岂不可喜兮。

深固难徙，廓其无求兮。

苏世独立，横而不流兮。

闭心自慎，终不过失兮。

……………

有了橘园的体验，令我对《橘颂》更多了一份亲切感。那时我有个习惯，心情波动或烦闷无聊时，我常会独自于山间坡下徘徊。而遇见橘林，则情不自禁会吟起"后皇嘉树，橘徕服兮。受命不迁，生南国兮""苏世独立，横而不流兮。闭心自慎，终不过失兮"，恍若自己也成了一株自信陡增的嘉树……

一晃，数十年过去了。橘子也早已因新时期的物资大流通而变成寻常之物了。然而，似乎总有一条隐秘的丝线，依然将我的某种情感与橘子、与"嘉树"拴连在一起。最近的例证便是，不久前红孩来电，命我到江西南丰采风。采风于我本是常事，但我却脱口道了声好，"那可是著名的橘都呵，久闻其名而一直没机会去看看呢！"

实际上，我的兴奋首先源自我多年来对"嘉树"的好感。而我对南丰

的印象，也不仅仅因为它是知名度远在西山红橘之上的贡橘，而是红孩的电话还让我霎时记起，我曾近乎神秘地邂逅过一个全然陌生的南丰老人！

那是10年前秋末的事了。我和朋友出游，曾在南丰的上级市抚州住过一个晚上。

那夜已过10点，或许天涯孤旅较易敏感吧，此夜我心绪不宁，毫无睡意，索性出来散心。走累了又蹲在一处路牙上发愣。此时的街头因行人渐稀而显得异常空阔，灯火亦倍觉煊赫，正可谓光焰烛天。车流虽然也稀了，却仍可谓穿梭如织，尤其是一些趁夜赶路的重型卡车，隆隆之声令我脚下的地皮都战栗而发烫。

不知为何，一团莫名的压抑感犹如夜间黏湿的雾气包裹了我。一个个似乎毫无理由的问号，则如那一辆辆突如其来的车辆般，匆匆从远处驰来，又匆匆向远处飘逝。这么晚了，这些人，这些车，包括我，为了什么还在外头奔波、徘徊？一个人有一条生命，一条生命有一串故事，这些故事因了什么而神秘地交织在这么一个异乡的时空之间？他们是这故事里的什么角色？我又是其中的什么角色？故事必有喜，故事亦必有悲，谁编织了我们的喜与悲，又是谁把我们编织在当下这个莫名其妙的故事里？

据说，纪晓岚在回答乾隆对江上穿梭的帆影之问时曾说："天下熙熙，皆为利来；天下攘攘，皆为利往。"此言似乎正可以解答我的疑惑。然世事、人生，真可以如此直白简洁地概而括之吗？我总觉得，逐利只是人生之表象，总有更多的芸芸众生终其一生也悟不到的东西，也许那就是一些更具精神层面的追求吧！

恍然间看到不远处的巷口，有个人正在偷偷觑我。说是"偷偷"，是他一触及我的目光，即刻便掉过脸去，双手抱膝，做正襟危坐状，而先前我就依稀觉得此人在注意我。于是我站起来近前去，看清楚这是个50岁开外的山村老汉，头发纷乱，穿着件旧军装，上面板结着地图般的汗渍。这么晚了，我是出于无聊而蹲在街头，而他却是出于生计，在这儿守着身边那一背篓橘子。只是那橘子大多还发青，夜又深了，如何出得了手？怪不得他老觑我，是把我视为某种希望了吧？

我心一悸，便走过去说："这橘子一定还酸吧？"他老实地点点头，却又说："我们南丰的蜜橘，青点儿也不太酸，很解渴的。"我问他多少钱一斤，他说一块便可以，说着竟抓起好几只连着枝叶的橘子往我手中塞："尝个鲜吧，不要钱。"

我心一热，便打算帮他一把。我边往他秤盘里装橘子，边问他为什么不等橘子长熟再卖个好价钱，哪知他竟叹道："哪个舍得嘛！可是小孙女在对面医院住着呢，钱花得恼人。能找几个钱就找几个吧。"我一听，又往他秤盘里加了些橘子。可付完钱后，他仍往我袋里塞橘子。我谢绝，万万没料到，他居然又说："早点歇吧，天黑得再狠，睡一觉就亮了。"

我是走出一段路才回过味来的。我的天，怪不得先前他老在偷觑我。原来他也在同情我！原来他怕我有什么想不开！原来他早已悄悄进入了我的"故事"。

我蓦然回首，但见朦胧而炫目的光晕中，那老汉又如先前一样，双手抱膝，仰着头，望着迷乱的星空……

此行南丰，我是自驾来的。甫入城郊，眼前突见一座青峰，巍巍然而峨峨然，雄伟峻峭、气势非凡地傲立于苍穹之间，倚天接地，携着身边的迤逦群峰，环护着一座生机勃发的城。

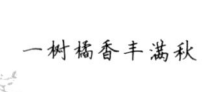

叹赏之余，我了解到，那就是海拔1761米、号称"赣东之脊"的军峰山。正是它的存在，加之南丰地属亚热带季风气候区，温暖湿润的气候和优异的土壤条件，决定了南丰蜜橘极佳的品质特性，成就了"南丰橘都"之美名和千年贡品的独特地位。而晏子那"橘生淮南则为橘，生于淮北则为枳"之言，果然不是信口开河呢。

当然，人的因素还是第一位的。正是一代又一代南丰人兢兢业业、精心侍养并不断钻研科技，才有了今天南丰多达70万亩的浩瀚橘海。

虽然我知道南丰也是唐宋八大家之一曾巩的故里，来后才读到，曾巩也曾深情赞美过家乡的蜜橘。

> 鲜明百数见秋实，错缀众叶倾霜柯。
> 翠羽流苏出天仗，黄金戏球相荡摩。
> 入苞岂数橘柚贱，芼鼎始足盐梅和。
> 江湖苦遭俗眼慢，禁御尚觉凡木多。
> 谁能出口献天子，一致大树凌沧波。

稍觉遗憾的是，我来采风是9月22日，时令较橘熟的10月下旬还早。所幸漫山遍野、村前屋后茂密的橘林间，尽管还看不出红色，但从那棵棵橘树上都已硕果累累、繁星般坠弯枝条的景况来看，驰名中外的橘都，势必又迎来一个令人欢欣的丰收年。因而我完全想象得出，当橘子红熟之际，南丰会是怎样一幅盛景。只是，在观必上乐园赏橘之时，我见两位老人在林中修剪橘枝，不由得心头一颤：其中不会就有当年那位老汉吧？

当然没有。但我并无遗憾。毕竟邂逅那老汉是 10 年前的事了。从南丰飞速发展的历程来看,我相信那老者的境遇也早就大大改善了。他的小孙女也应该早就痊愈、成人了。没准她现在也在自家的橘园里忙碌着,心中则演绎着比橘红满枝更加鲜艳的好光景……

不由想起早年在西山时写下的几句散文诗。回家翻出旧作,虽觉它未免如眼下的青橘般生涩,却也暗合了我当下的某种心境,索性不揣浅陋,录此为结吧。

阵阵清香,将我邀进宁谧的橘园。

橘叶,绿得发乌。橘实,青得滴翠。橘枝,垂得深沉。

没有成熟的果园,雀儿不爱光顾,笑声不来撒欢。只有雾珠和青橘亲昵嬉戏,只有微风和枝叶朝夕絮语。

我却在这里窥见了生命的底蕴:

红橘有红橘的妩媚,青橘有青橘的娇艳。

红橘是迷人的成熟,青橘是神圣的孕育。

孕育比成熟更有魅力……

尽管南丰橘都的历史已逾千年,可相对于时间的长河,它的发展也还处在青橘般的孕育期。南丰的未来,不可限量呢!

向曾巩致敬

✎ 阿　成

曾巩是唐宋八大家之一，是一代巨匠。在去南丰之前，我事先得到中国散文学会的通知，在南丰举办的曾巩先生诞辰1000周年的纪念大会上，由我来宣读《祭文》。这突如其来的任务，让我感到了极大的压力和莫大的荣幸。先前，我曾经零星地读过曾巩先生的一些文学名作和道德文章。其中对曾巩的诗，如"乱条犹未变初黄，倚得东风势便狂。解把飞花蒙日月，不知天地有清霜"（《咏柳》）、"海浪如云去却回，北风吹起数声雷。朱楼四面钩疏箔，卧看千山急雨来"（《西楼》）、"欲收嘉景此楼中，徙倚阑干四望通。云乱水光浮紫翠，天含山气入青红。一川钟呗淮南月，万里帆樯海餐风。老去衣衿尘土在，只将心目羡冥鸿"（《甘露寺多景楼》）等，很是欣赏。也可能是一个人的偏爱，这些描写季节变化和风物流转的诗文，无疑是滋养我成长的精神佳肴。毕竟此行重任在肩，就更需进一步地了解曾巩先生的生平，这样，宣读《祭文》的时候才会做到心中有底气、情感有力量。为此，我专门查阅了曾巩先生的生平。

> 曾巩，字子固，建昌南丰人。生而警敏，年十二，试作《六论》，援笔而成，辞甚伟。甫冠，名闻四方。欧阳修见其文，奇之。嘉祐二年进士第。出通判越州。岁饥，度常平不足赡，而田野之民，不能皆至城邑。谕告属县，讽富人自实粟，总十五万石，视常平价稍增以予民。民得从便受粟，不出田里，而食有余。知齐州，其治以疾奸急盗为本。曲堤周氏子高横纵，贼良民，力能动权豪，州县吏莫敢诘，巩取置于法。章丘民聚党村落间，号"霸王社"，椎剽夺囚，无不如志。巩属民为保伍，使几察其出入，有盗则鸣鼓相援，每发辄得盗。自是外户不闭。徙洪州。会江西岁大疫，巩命县镇悉储药待求，军民不能自养者，来食息官舍，资其食饮衣衾之具，分医视诊。巩性孝友。父亡，奉继母益至。抚四弟、九妹于委废单弱之中。宦学婚嫁，一出其力。

这不仅是一种道德力量，也是一种人格操守，更是曾巩做人做事作文跨越千年依然熠熠生辉的根本所在。

在曾巩诞辰1000周年纪念大会举办这天，南丰的天气出奇地好，"曾巩纪念园"优雅疏朗，绿树艳花，呈现出一派祥和的景象。前来参加纪念活动的人很多已经早早地到达了这里，其中有许多人是从全国乃至世界各地不辞辛劳专程来参加这个纪念大会的。毫无疑问，从这些人的表情和装束上看得出，他们对这位先贤是何等敬仰，何等爱戴。我平时是不穿那种传统中式服装的，觉得休闲服装更随意一些。但是，这次我找出了从未穿过的崭新的中式服装穿上，不仅是对曾巩的敬仰，也要表达对南丰人民的敬重。非常奇异的是，当站在麦克风前宣读《祭文》的时候，我不但一点都不紧张，而且非常沉静，非常自信，也非常自豪。我想，这一定是冥冥之中的一种神奇的力量在支撑着我，并赋予我洪亮的声音和满满的自信。

是啊，曾巩离开我们已经900多年的时间了，但是，他的道德文章，他的人格操守，他对社会和文化进步的追求，依然对今天的中国人有着重要的警示和激励作用。在我宣读《祭文》的时候，全场鸦雀无声，所有的人都在认真地听我宣读《祭文》的每一个字。仿佛这每一个字就是一颗种子，每一句话都是甘美的雨露，将由这些中国优秀文化的传承者带到全国乃至世界各地去，在那里，在人们的心田生根发芽，茁壮成长。我甚至觉得，每一个到这里参加纪念大会的人，都是一个中国优秀文化的火炬手。他们高举着这柄熊熊燃烧的火炬，奔向神州的四面八方，奔向五湖四海，用火炬炙热的光芒照亮中国人前行的道德之路，在习近平总书记的率领下，去实现伟大的中国梦。是啊，这并不是千年等一回，对于我，这是千载的幸运，但是，对于南丰人，对于全中国人，对于全球的华人，这无疑是展示中华民族优秀文化的一次隆重的庆典。毫无疑问，曾巩是一个纯粹的中国人，其做人做事有许许多多值得我们学习的地方。作为一名文学家，他更是我们文学创作的楷模。楷模的力量在于他是一种激励，引导着我们走向健康、光明、充满着姹紫嫣红之美景的坦途。

千年曾巩遗墨飘香

✎ 周振华

2019年,是唐宋八大家之一的曾巩诞辰1000周年。人们轻轻将先生唤醒,扶之左右徜徉于诗情画意的南丰大地,同喜分享当下国之昌盛、民之安乐。

"向来一瓣香,敬为曾南丰。"岁月更迭,日月流转,千年过后,南丰后裔情意深深聚集在曾巩故里,由衷纪念这位好人、好官,上香,叩拜!

曾巩,字子固,世称南丰先生,北宋文学家、史学家、政治家。就是这样一位名扬天下的饱学之士,一生靠腹中学识游历仕途,案头亦不乏手书墨迹,书法论道建树颇丰,但他确确实实不是一位书法家,后人也没给他这个头衔。不是书法家的曾巩,自然不具那些大书法家的名气。可万没想到,千年之后他的墨迹却拍出了比书法家还高的价位,南丰先生的《局事帖》一时飘香中国,惊艳世界。

《局事帖》高价拍出,使曾南丰名声显赫。中国古代众前贤传世墨迹碑帖，自晋《平复帖》至六朝、隋唐，诸经典穿梭于时空隧道，永无休止地被后人相互争抢、手摹心追。不想，时隔千年，曾巩的《局事帖》惊艳四方，为世人知晓称道。古训再次证明书法传世之作的条件及特征：一定要是好人、好字、书写的好文。其中好人更为甚也。

2016年春天，曾巩的书作《局事帖》在中国嘉德春拍"大观——中国书画珍品之夜"拍卖出了2.07亿元人民币的高价。之前的1996年，《局事帖》在纽约佳士得拍卖会上以50万美元被著名收藏家尤伦斯夫妇买下。而后，在2009年北京保利秋拍"尤伦斯夫妇藏重要中国书画"专场中，曾巩的《局事帖》再次现身，当时估价为1200万元至1800万元，不料最终以1.09亿元成交。7年之后，其价值得以迅速提升，此帖拍出了2.07亿元，20年间《局事帖》增值45倍。

书法在古人眼里为"小道"。"大道"多指"修齐治平"的治国安邦之道。"大道"需要的是翰墨修辞，文以载道，而书法只是文章的工具。书法成就文章，文章亦资助书法。文墨并作，互为依存，一脉赏鉴。

古代书家之成名模式如出一辙：其字，出类拔萃，凭此步入仕途。而后，做了大官、好官、清官，一身正气。再后，人更高，字更佳。于是，他的灵魂便镶嵌在这个世上，连同他的书作。

古今历代习书者成千上万，可谓一人一面，一笔一书。其实诸多的书家无非归此四类也：人高书高者，人高书低者，人低书高者，人低书低者。名垂千古的书家之百世流芳的书作，往往是人高书高者所为。

人正，书高；人善，书端；人勤，书老；人清，书贵。如果人不高，其书法永远不会有多高；如果书法有一天高了，那时他这个人一定高了。一位有学养的人，他的字再怎么着也差不到哪去，至少有其独特的味道，日后定生一派气象。几千年的书法发展史证明了一个无可争议的论断：书法是由君子才能成就并将其发扬光大的艺术。

纵观历代"状元书法"，柳公权、文天祥、杨慎、翁同龢、刘春霖等的书作都令人赞叹不已。古时要想蟾宫折桂，除具备深厚的经史功底、卓越的属文能力外，必须书法超群，否则不可高中。据史料记载：顺治九年的邹忠倚、顺治十五年的孙承恩都是用欧体字写的考卷，被喜爱欧阳询书法的顺治皇帝看中，选为状元；康熙十八年的归允肃、康熙二十一年的蔡升元、康熙三十九年的汪绎长期临摹王羲之的《黄庭经》《乐毅论》，参加考试时，其考卷均被康熙帝看中，此三人也都成了状元；更传奇的是，康熙三十年殿试中，考官们原先拟定第一名为吴昺，第二名是戴有祺，但卷子呈送康熙帝御览时，康熙帝被戴有祺一纸漂亮的书法折服，于是朱笔一挥，将戴有祺定为第一甲第一名。作为三次参考进士的曾巩，其当时的书法肯定也费过一番功夫。

书法大千世界，表象看似凡简。表象之下，乃如"观天体日月之广袤，窥宇宙银河之浩繁"。人不到一定境界，不具高尚品质，胸中无墨神志无主，是难得书法之精髓的。书法依附于高贵的灵魂。

当下中国拍卖价格最高的十大书法作品中，曾巩的《局事帖》仍居前列，排名第三。第一位是黄庭坚的《砥柱铭》，4.4亿元。第二位是"书圣"王羲之的书法精品《平安帖》，3.08亿元，该帖曾被乾隆帝盛誉可以媲美"三希堂"瑰宝。曾巩的《局事帖》仅次于《砥柱铭》和《平安帖》，可见这幅孤品墨迹在书法中国的分量与价值。第十位是曾纡的《人事帖》，4000万元。曾纡为曾巩之侄，北宋末南宋初散文家、诗人、书法家，世称"南丰七曾"。中国拍卖价格最高的十大书法作品中，曾

家就有两位的作品占榜。

曾巩的《局事帖》金贵何处？魅力何在？我想，用"文"势在上可统而概之。亦可解读为：通篇墨迹蕴含了文人魅力、文气魅力、文章魅力、文采魅力、文化魅力、文物魅力。此六宗魅力涵盖其中，自然先生的遗墨之精髓在字亦在人，在文更在境！

其一，珍贵的文物价值体现其中。《局事帖》，水墨纸本，该帖书于印书纸背，仍能看出图书印刷的字痕，书法结字修长，笔画清劲。《局事帖》是迄今发现的、"唐宋八大家"之一曾巩的唯一传世墨迹，为曾巩62岁时写给同乡故人的一封信，曾被历史上多位名人收藏，并经徐邦达考证著录于《古书画过眼要录：津隋唐五代宋书法》，徐认为这是曾巩在越州通判任上所书。此帖清代已归于安岐，并著录在《墨缘汇观·法书》，之后，又经曾燠、王芑孙收藏，民国时藏于著名鉴定家张珩及其家族。20世纪90年代出版的朱家溍编《历代著录法书目》中，此帖亦定为曾巩的书法作品。《局事帖》累经名家递藏，历尽劫波而纸墨如新，可谓千年遗珍、人间孤本，实为至幸。据考证，这件书札的收藏者包括何良俊、项元汴、安仪周、王芑孙、曾燠、费念慈、许源来、张葱玉、张文魁等人。此帖全文共124字，平均每字价值167万元。为什么如此金贵？其无可替代的文物价值系一重因。比如：其作为文人书札，是一种文体与修辞，涉及书者文学水平；其所记述的具体内容，又可作为研究宋史之史料；而作为物质实体，其所用的纸在宋代，当时纸为稀缺资源，对往来公文与书札，人们会用其背面来印制图书。专家考证，这张写有《局事帖》的纸在南宋时期就曾经印过三国刻本。而文物价值则为其收藏价值添秤加码。艺术品珍稀度清晰明了，专家强调这是目前唯一存世的曾巩书法作品，因此有"海外孤本"一说。此外，这件作品的收藏脉络可谓传承有序。

其二，"唐宋八大家"之声名显赫。中国唐代韩愈、柳宗元和宋代欧阳修、苏洵、苏轼、苏辙、王安石、曾巩八位散文家，又称"唐宋八大家"。其中韩愈、柳宗元是唐代古文运动的领袖，欧阳修、"三苏"四人是宋代古文运动的核心人物，王安石、曾巩是临川文学的代表人物。"唐宋八大家"之称谓最早出现于明初朱右选韩、柳等人文所辑《六先生文集》，因并"三苏"为一家，所以实际是"八先生文集"。明末茅坤选辑了《唐宋八大家文钞》共160卷，此书在旧时流传甚广，"唐宋八大家"之名也随之流行开来。韩愈、柳宗元倡导古文运动，使得唐代的散文发展到极盛，一时古文作家蜂起，形成了"辞人咳唾，皆成珠玉"的高潮局势。唐宋八大家乃唐宋古文运动的中心人物，他们提倡散文，反对骈文，给予当时和后世的文坛以深远影响。

其三，曾巩的文思才华享誉官府、民间。复旦大学首席教授、中国宋代文学学会原会长王水照先生在纪念曾巩诞辰1000周年文化丛书的总序中讲道："从南宋朱熹的崇奉开始，历元、历明、历清，数百年间，他的声望一日高于一日。到清初被誉为'天下清官第一'的张伯行编《唐宋八大家文钞》，此书共选曾巩文章128篇，几乎是同书其余宋五大家选文的总和。曾巩的声誉达到顶点，无人可以颉颃。也就是说，在八九百年的时间内，曾巩在文学上的声望是不亚于欧、苏、王的，甚至某些方面、某个时期还受到过特别的褒扬。作为中国文学史两宋期间承上启下的代表性人物，曾巩被誉为'上续孟子，下启濂洛'。也因此，他被视为'千古醇儒'。曾巩之所以名垂青史，近千年来为人们所赞誉，

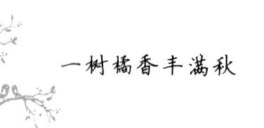

最重要的在于他的文章。"

其四，曾巩对书法独到的理解领悟及高深论道。著名学者李俊标在他的《曾巩散文考论》中讲道：《曾巩集》卷五十《尚书省郎官石记序》里记述："曾巩以为书法乃士人必备之'一艺'，通过不断的磨炼，应使自己的思想情操趋于一个更高的境界，而不是仅仅局限于为书而书。《相国寺维摩院听琴序》集中体现了他的这一观点。以为'书非能肆笔而已，又当辨其体而皆通其意'。这比郑玄所说的'六书之品'有了更多的含义。结合他在其他文章中所述观点可知，他所说的'通其意'，就是要通过礼、乐、射、御、书、数等各种技能的培养，最终达到通知'三才万物之理、性命之际'的境地。曾巩对书艺的学习与同时代的人士一样，都是从揣摩前辈的墨宝法帖入手。王羲之自然是他习书的老师。曾巩在《墨池记》中评论王羲之的书法晚年最善，并对其取得卓越成就的原因分析道：'羲之之书晚乃善，则其所能，盖亦以精力自致者，非天成也。然后世未有能及者，岂其学不如彼邪？则学固岂可以少哉！况欲深造道德者邪？'"曾巩并不认为王羲之是天生奇才，其书道晚年臻于至善就是一生不断精进努力的结果。若是天纵其能，则早已道登天门，何以延迟至晚年。在勉励众人学不可以已的同时，也体现了曾巩自己在书艺学习上的自信，只要能像王羲之那样精进多学，也可以达到他那样高妙的境界。曾巩学习书艺的另一条重要途径是于前代金石碑拓中领悟书道真谛。可见曾巩的书法来势是有其历史的铺垫的。

其五，清正为官、廉洁爱民的人品使曾巩人正书高。他对儒家思想的坚守，以及以儒家思想为出发点的为政原则、生活作风和著述风格，这些在历代儒者中都是非常鲜明的。曾巩"转徙七州"，分别任越州通判，齐州、襄州、洪州、福州、明州、亳州知州。曾巩不论在哪里为官，都能克己奉公，清正廉明。任越州通判时，曾巩发现在实行"以钱助役"的过程中，有官员中饱私囊，他立即下令禁止摊派，减轻人民负担。任齐州知州时，他惩处恶霸，瓦解盗寇，兴修水利，发展生产。此后，在襄州、洪州、福州、明州、亳州诸地，曾巩治州一如既往关心民瘼，留下了造福百姓、善于治理的美名。曾巩为后世留下了丰富的廉政思想。概括说来，就是通过"求于内""正己"的办法来加强为官者的道德修养，在此基础上，为官者才能摆脱外物之拘累，以民为本，节用裕民。曾巩在《南轩记》中对自己出仕前在故居南轩读书自进以"求于内"的情形有具体描述："养吾心以忠，约守而恕者行之，其过也改，趋之以勇，而至之以不止，此吾之所以求于内者。"曾巩的"求于内"即以忠养心、严格律己、忠恕待人、勇于改过，用高尚的道德来涵养自己的品格。曾巩认为只有先端正自己的思想和言行，然后才能管理百姓、治理国家。他在《答袁陟书》中说："至于仕进之说，则以巩所考于书，常谓古之仕者，皆道德明备，己有余力，而可以治人，非苟以治人而不足于己。"这与《大学》主张的修身、齐家、治国、平天下的逻辑顺序是一致的。曾巩在转徙 7 州的过程中，一直践行着以民为本的思想。曾巩的廉政思想虽产生于近 1000 年前，但对今人正己修德、廉洁爱民仍有深刻的启示意义。可见曾巩的书道也会将他的为官为人尚好行径吸纳进去。

其六，与"书圣"王羲之之渊源。曾巩的散文《墨池记》记录了他心目中敬仰的"书圣"的一段故事。曾巩文章所记的墨池，位于抚州城东文昌桥头，是一个呈长方形的小水池，环境清幽雅致，是"书圣"王

羲之任临川太守时临池练字留下的胜迹。北宋时，抚州州学建在墨池的边上。庆历八年，抚州州学教授王盛为彰显墨池这一胜迹，题写了"晋王右军墨池"几个字，并请曾巩写记。曾巩应邀写下了这篇《墨池记》，文与墨池俱流芳后世。在《墨池记》这篇文章中，曾巩走近"书圣"的同时，也悟出了王羲之书道之精髓，这就为提升曾巩书法的价值增添了大筹码。

从曾巩的书法看，其实质意义远大于书法本身。书者作品的风格，最终是书家个人情性、品格的自然流露。书以载道。宋代大书法家黄庭坚说："学书须胸中有道义，又广之以圣哲之学，书乃可贵。"唐穆宗问当朝书法名家柳公权如何学习书法，柳公权回答"心正则笔正"，这为我们留下了"笔谏"的千古美名。学习书法，不断研习古代碑帖，心仪古人风范，必然对个人的人格塑造起到潜移默化的作用。曾南丰做到了。

曾巩的书法归不到上上品，但里面承载着上上品的人格、思想及灵魂。

南丰拜曾巩

✎ 张映勤

到江西南丰,不能不拜一拜曾巩,曾巩对南丰的意义大焉、重焉。在南丰,到处都有他的遗迹,想躲都躲不开。曾氏祠堂,曾巩纪念馆,曾巩文化园,曾巩的读书岩、墨池等。2019年是曾巩诞辰1000周年,一座城和一个人联系得如此紧密,千年盛传,世代纪念,这在文化名人中是不多见的。

南丰是曾巩的故乡,他39岁考中进士之前,基本上在这里生活。南丰的山水,南丰的文化,滋养着他从乡野走向庙堂,从江西走向全国。千年光阴,曾巩的名字仍然熠熠发光,照亮中国文学的版图。

到南丰之前,曾巩的大名虽然知道,但对他几无了解。唐宋八大家,中国散文最强劲的一支队伍,曾南丰名列其中,为地方文化擎起一面大旗。正是这面大旗的召唤,我来到这里。都说人杰地灵,南丰这片热土孕育出众多人才,而名人则是提升地方知名度的一块金字招牌,南丰因为曾巩而享誉全国,两者交相辉映,珠璧同灿。我到南丰,心怀敬

仰，自然要拜一拜文定公，走近先生或走进先生。在南丰曾巩文化园的广场，我与曾氏后人及各界人士共同缅怀、礼敬先贤；在盱江河畔，我流连在祠堂、岩洞、墨池前，心中默想着先生当年苦读诗书的情景；在曾巩纪念馆，我对文定公的生平有了进一步的了解……在南丰的日子，我追寻着曾巩的足迹，仿佛时光穿越，往事越千年，心中想象着他在这里度过的日子。

曾巩在南丰的日子，也许并不美好。物质上他是贫穷的，始终在为生计操劳奔波。他出身于官二代或官三代，按说应该生活优裕富足，至少是衣食无虞。

他的祖父曾致尧为北宋太平兴国年间南丰考取的第一位进士，官至礼部郎中、户部郎中，为北宋一代名臣。曾致尧虽身居高位，却性格刚正，为政清廉，出仕多年家里并没有积累下多少财富。曾巩的父亲曾易占为曾致尧的第五子，也考取了进士，多年出任官职，曾巩出生时曾易占即为知县，但他为人正直，不善敛财，家里始终不富裕。曾巩的青年时期，父亲因得罪上司被罢官，曾家竟困难到"无田以食，无屋可居"的地步。总体来讲，曾巩在南丰，长期生活在拮据困顿之中，养家的重任压在肩上，使他的大部分心力用于养家糊口。曾家是个大家庭，同父异母的哥哥考中进士后，死于回乡途中，曾巩上有继母，下有4个弟弟、9个妹妹、2个侄子需要抚养，"宦学婚嫁，一出其力"，家庭负担之重可想而知，但是曾巩宁可自苦，也不卸责任，他操劳苦作，独当家事。他在《南轩记》中写道："吾之役于物，或田于食，或野于宿。"为生活所迫，曾巩有时在田地里吃饭，在野外住宿，为经营家人口食，殚精竭虑，煞费苦心，即使这样，家人也无法顿顿吃上粗食淡饭，常有冻饿之虞。我们从两个细节可以看到他当年的境遇之艰难。曾巩结婚成家的时候已经32岁，古人早婚，千年前的32岁，绝对算大龄，如果不是因为家贫，不是因为家累，他不可能错过婚期。曾巩天资聪明，幼读诗书，脱口能诵，12岁试作《六论》，提笔立成。他居于乡邑，早有才名，但是直到23岁才第一次赴京赶考。三次落第，复得重病，39岁年近中年时他才如愿以偿，考中进士。他跌磕蹭蹬的科举之路，是多种因素造成的，但是家庭负担过重是不容忽视的一个重要原因。

曾巩在南丰的日子，更多的还是快乐与幸运。他虽然没有从父辈那里继承财产家业，但是沿袭了曾家耕读的传统和醇正的家风。曾家祖辈世代都是读书人，通过科举走上仕途以报效国家，在曾氏家族已然蔚成风气，深厚的儒学根底造就了曾家后代人才辈出，曾巩祖孙三代在77年中共出了19位进士，祖父致尧辈7人，父亲易占辈6人，曾巩同辈6人。这样的书宦人家不仅在江西南丰，就是在全国也是非常罕见的。固然，因经济所迫，曾巩过的是半耕半读的生活，躬耕以养家立命，读书为修身养性，虽然贫困交加，身处困境，但他耳濡目染，传承家风，一心向学，矢志不渝，于磨难中锲而不舍，埋头苦读，最终成就大业，从南丰走向全国。

南丰古城也称琴城，因形状与古琴相似而得名。曾文定公祠就坐落在城郊琴城南门渣坑村的半山腰上。坡下的盱江汩汩流淌，波澜不惊；山上草木茂盛，郁郁葱葱。山水之间，亭台掩映。举目眺望，迎面是一座古旧的牌坊，上书"曾文定公祠"五个大字。拾级而上，穿过牌坊仅数米，从青瓦红墙的院门进入，便是祠堂，规模虽不大，却庄重典雅，朴素大方。房子是新建的，旧址是建于明代的"读书岩祠堂"，里面有

无真迹遗物不得而知,祠堂中堂的曾巩塑像,面相清癯的他注视着远方,以供后学追思缅怀。

沿着曾巩的足迹从祠堂下坡,不远处即是他当年读书的地方,名为读书岩。这其实是一个再普通不过的岩洞,面积不大,长、宽各约3米,高约2米,内有石桌、石凳和小洞,相传为曾氏兄弟读书的地方。岩洞依山傍水,景色秀美。洞外绿树成荫,江水潺潺;洞内环境幽静,凉爽宜人。曾巩当年为什么离家过江和兄弟跑到这里来读书?概因家里条件不好之故,那时的南丰一定是夏天闷热、冬天阴冷,而洞里冬暖夏凉,适合读书。随着曾巩的声名远播,后人在此岩洞前构筑亭子,以激励后人凭吊先贤。方亭古雅大方,挂有楹联匾额,为读书岩增色不少。

从读书岩下来,不远处的石壁上刻有紫红色"墨池"二字,相传南宋的大儒朱熹因仰慕曾巩,游览至此,听说曾氏兄弟在此石泉下涮笔洗砚,心有所感,写下"墨池"二字。曾巩的文章,最为著名的便是《墨池记》,借临川王羲之洗笔之事,表达他的观点——成功不是天生的,是不懈努力的结果,"盖亦以精力自致者,非天成也"。写王羲之其实就是写他自己,面对生活的磨难、仕途的艰阻,永不放弃,始终为着心中的理想奋斗。曾巩就是执着坚守、勤奋成才的典范。读书岩、墨池就是曾巩埋头苦读的最好见证。

曾巩出自南丰,却属于全国。他的闻名是源于唐宋八大家,外地人对他的了解与其政绩大小、如何做人关系不大,只知道他的文章写得好。有哪些好?哪篇好?说心里话,多数国人不甚了了。提到唐宋八大家,读过初中的人大多记得住韩、柳、欧、王加"三苏",最容易忘的是曾巩。他的大名我当然记得,但有过什么名文名句,实在是不清楚。

范仲淹有"先天下之忧而忧，后天下之乐而乐"的名篇《岳阳楼记》，王勃有"落霞与孤鹜齐飞，秋水共长天一色"的绝唱《滕王阁序》，柳、欧、苏、王皆有经典传世，与他们相比，曾巩的文章虽然在《唐宋八大家文钞》中收录最多，共有128篇，但是其名气似乎不如他人。苏洵、苏辙也许名实不符，沾了苏轼的光，但无论如何，曾巩的确是少了一些让人耳熟能详、妇孺皆知的名篇名作。自古文章以质胜，从来无关多与寡。曾巩的文章肯定是好的，他生前已博得重名，欧阳修说他是群鸟中的雄鹰，"吾奇曾生者，始得之太学。初谓独轩然，百鸟而一鹗"。王安石更是评价道："曾子文章众无有，水之江汉星之斗。"到明、清两代，曾巩的文学地位如日中天，只是到了近现代，他的声名、影响才逐渐淡出人们的视线。其实，用不着为先生鸣不平，就算排在后面，曾巩也是百年难遇的大文豪。唐、宋两朝凡600余年，能以文章名列前八，其才华、其功力自然不可小觑。以我之浅薄无知，曾公文章未曾读过，不知为不知，不敢妄加评说。文无第一，武无第二，到了一定层次，文学作品实在难分高下。时过境迁，人们的欣赏品位、审美标准都发生了变化，名次的前后说明不了问题。

  我心目中的曾巩，远不是政声卓著、关心百姓的清官廉吏，也不是功成名就、彪炳史册的古文大家，而是在南丰逆境中安贫乐道、坚韧刻苦的一介书生，是"出门两脚泥，回家灯下读"、顽强拼搏、勇于担当的士子文人。在南丰，他经历了家境窘困、父亲罢官、科考失利、身染重病、父兄去世、生活潦倒、田间劳作、乡野苦读等一系列人生坎坷，但是他始终潜心研读，勤奋上进，励志坚守，不改初心。读书岩中有一座先生端坐案后手执书卷、凝眉深思的雕像。洞中空无一人，石桌石椅

犹在，但我不敢落座，先生在此专心研读，岂容外人打扰。

南丰拜曾巩，时间短促，对他为官多年的政绩印象不深，也不甚了解他诗文的价值与贡献，我更看重他在南丰成长时期的精神，这种精神指引着他为家庭付出，不推卸责任，为学业坚持，苦读圣贤书。抱定目标，执着奋进，义无反顾，永不言弃，无论身处何等逆境、遇到什么困难，只要持之以恒，就有成功的可能，这是我到南丰从文定公身上得到的一点感悟。

南丰缘

✎ 沈俊峰

修行多年的朋友行巧说：缘，妙不可言。对此，我深以为然。山不转水转，人或物或景，如果有缘，皆有相见之时，或早或晚。

一

19岁，我成为一个孩子王。那已经是非常遥远的事了。在那个大山沟里，我窝了10年。三线厂子弟基本上都可以进技校，毕业后进厂当令人羡慕的工人，且"大炮一响，黄金万两"，待遇很不错。所以，从家长到孩子，对学习看得并不是那么重。

十多个外地分配去的青年教师，在那个狭窄的巴掌大的地方，一个自成一统的小社会，苦闷、压抑自不待说，不知道出路，也看不到光明的希望，只能坐愁红颜。有人爱上麻将，有人爱上读书，有人娶妻生子，有人谋划远走高飞，我对着方格稿纸，向天向地倾诉"我脑袋里的怪东西"。

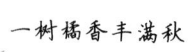

欢乐也有，多集中于下半年，节多、假多、福利多。深秋或初冬，收获季节，厂里会有大卡车去山东烟台拉苹果，每个职工几十斤。一个漫长的冬季，都被浓浓的苹果香包裹了。

有一年，迟迟不见苹果。不发了吗？正在嘀咕，几辆大卡车呼啸归来，原来是换了花样，苹果变橘子。那橘子是第一次见，小的像鹌鹑蛋、鸽子蛋，大的不过鸡蛋大。咋这么小？剥开，皮薄、肉嫩、汁多，吃到嘴里，甘甜酸甜。嘀，奇妙的好东西。

山沟里橘香一片。橘香让我莫名兴奋，让我想起小时候在村里，端午节，村里集体逮鱼，家家户户都吃鱼，整个庄子都飘着鱼香。

我们聚在某一个宿舍，热热闹闹地吃橘子，欢声笑语。橘皮都留着，放在窗台或桌上，让橘香弥久。小橘子给沉闷的时光带来了光亮和欢乐，让我记住了物质下的小快乐。

后来搬迁进城，见到那样的小橘子，必买无疑。拎回家，一口气吃饱，顺便也忆了一遍遗留在山里的青春梦想。

二

一个青年在那样的环境，很容易爱上文学。那是一种寄托、追求，或者是自我救赎，不至于让自己沉沦。

初学写作，便去寻找、挖掘家乡的文人，似乎要给自己找到一个热爱的理由、榜样或动力。安徽颍州自古文人灿若繁星，老子、庄子、管仲、鲍叔牙、曹操、曹丕、曹植……哦，他们在时空上离我太远，唯欧阳修最近，地域的近。

唐宋八大家之一的欧阳修祖籍江西永丰，并非颍州。但是他对颍州西湖情有独钟。他任颍州知州一年半，兴农桑，重水利，治西湖，修三桥，建书院，留下许多勤政为民的政绩。刚获准致仕，就退居颍州。他早已在颍州西湖畔盖房建院，急于安闲自在。遗憾的是，好日子只过了一年，他便因久病日衰不幸去世，享年65岁。颍州成为他的终老之地。他的血脉后代，有一支就生活繁衍在颍州。我生长的小村庄，距离颍州西湖步行不过几十分钟。

这个发现令人兴奋。

欧阳修官至参知政事（副宰相），被誉为"生前事业成三主，天下文章无二人"。他在京城做官，也在10余个大小州府郡县任职。他视颍州为第二故乡，一生8次到颍州，留下诗词近160篇。他热爱颍州西湖，赞颍州西湖乃"天下绝胜"。上海古籍出版社出版的《唐宋名家词选》中，收录欧阳修的词27首，其中《采桑子》10首，每首都以"西湖好"开篇，赞美颍州西湖。"轻舟短棹西湖好，绿水逶迤，芳草长堤，隐隐笙歌处处随。无风水面琉璃滑，不觉船移，微动涟漪，惊起沙禽掠岸飞。"

《永乐大典》中记载的八大西湖，对颍州西湖和杭州西湖记述得最为详尽。苏轼说："大千起灭一尘里，未觉杭颍谁雌雄。"可见两湖齐名共荣，不分伯仲，各有姿色。

北宋中期，在颍州为官、旅居并留下诗篇的大文豪，除了欧阳修，还有晏殊、苏轼，有人说还有唐宋八大家之一的曾巩，国内许多网站上至今仍如此介绍。

但是，我却没有找到曾巩到过颍州的蛛丝马迹。

三

曾巩是欧阳修的学生、乡党,两人有着30多年的交往,可谓情深谊重。欧阳修称赞他:"广文曾生,文识可骇。"

欧阳修在安徽滁州为官,写出了传世名篇《琅琊山记》《丰乐亭记》。曾巩去滁州看望恩师,遵嘱写了《醒心亭记》:"滁州之西南,泉水之涯,欧阳公作州之二年,构亭曰丰乐,自为记,以见其名之意。既又直丰乐之东几百步,得山之高,构亭曰醒心,使巩记之……"

曾巩到过滁州,留有美文,是否到过颍州呢?

对这个问题,阜阳市历史学会会长、欧阳修研究专家李兴武说:"曾巩两入京都,历八州郡,除元丰二年(1079)五月移守亳州,距离颍州最近外,其余足迹所至均在江南河北。而北宋时期的颍、亳两州虽阡陌相连,南北相望,却分属两个不同的行政区域,不相统属。"

他分析曾巩的文学生涯,认为曾巩最有可能到颍州的时间节点有以下三个。

一是欧阳修在颍州做官期间。查欧阳修谱,并无此间曾巩来访的记录,亦无诗词与之唱和的记录。查曾谱,此间他在江西老家居家守丧,丁父忧。

二是欧阳修致仕,退居颍州期间。此时曾巩为越州通判,后改任齐州知州,闻欧阳修退休,有《寄致仕欧阳少师》所记:"四海文章伯,三朝社稷臣。功名垂竹帛,风义动簪绅。"是年冬,欧、曾互致问候,寄赠碑刻,书信往来。在欧阳修退居颍州的日子里,苏轼离陈州(今河南淮阳),苏辙送至颍州,兄弟同谒欧阳修20多天,留下许多脍炙人口的诗篇。

三是欧阳修在颍州病逝时。此时，曾巩在齐州任上，闻讯伤悲，作《祭欧阳少师文》："公在庙堂，总持纪律。一用公直，两忘猜昵。不挟朋比，不虞讪嫉。独立不回，其刚仡仡。爱养人材，奖成诱掖。甄拔寒素，振兴滞屈。以为己任，无有废咈。"艰难的道路交通，无法让曾巩短时间里前往吊唁。

由此可以认定，曾巩终其一生也没有到过颍州。倒是在他63岁那年，其弟曾布由桂州移任陈州知州，其母与之同行。曾巩作为神宗近臣，上奏朝廷，想到颍州为官。陈州距颍州较近，又通水路，方便往来，曾巩想离母亲近些。然而，他两次申请，都没有获准。

曾巩没有实现的愿望，曾肇代为实现了。曾肇是曾巩同父异母的幼弟，比曾巩小29岁。曾肇任颍州知州前后只有8个月，兴学劝农，疏浚清河，节省民力，政绩斐然，被称为"良守"。此时，欧阳修去世已17年，曾巩去世也有6年了。

曾巩没有到过颍州。这是曾巩的遗憾，也是颍州的遗憾。

四

2019年9月，中国散文学会组织周明、谭谈、阿成等全国30多位散文名家，前往江西南丰采风，我有幸忝列其中。

走在南丰大地，恍然若知，一切皆缘。缘，妙不可言，让沉睡于我脑海30多年的梦突然透亮起来。曾经入梦难忘的橘香，带给我欢乐的小橘子，原来是南丰特产。南丰是蜜橘之乡、世界橘都。自唐代开始，南丰蜜橘就是皇家贡品。当年我钻牛角尖遍寻资料，想搞明白其是否到

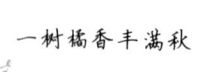

过颍州的大文豪曾巩,也是地道的南丰人。刹那间,有了穿越的感觉,觉得自己与南丰宛若久别重逢,亲密无间。

在曾巩纪念馆,我们与来自全国各地的曾氏后裔及社会各界人士,举行了纪念曾巩诞辰1000周年祭祀活动。参观曾巩纪念馆,对曾氏家族油然而生敬意。墙上镌刻着曾巩的《烟岚万派》:"几派洲堤列画屏,红霞印水雁飞鸣。声声色色连天际,大块文章随意成。"天下写作者,谁不对"大块文章随意成"心驰神往呢?仿佛寻到了千年文脉,纷纷与"大块文章随意成"合影留念。

然而,随处可见的并非文章,而是橘树。山坡、田野、门前屋后、道路侧畔,一株株并不高大的橘树,挂满了青涩的橘子。我们来早了,无法一饱口福。一个早熟泛黄的被我惊喜地摘下,握在手心,感受它的馨香和温暖。

70万亩青葱蓊郁的橘树,每年产橘26亿斤,该是多么壮观。南丰人向我描述,四月天,满目都是白瓣黄蕊的橘花,一簇一簇的,热烈奔放。这令我无限神往,幻想着看着一棵橘树一天天由花长成熟透的橘子,该是多么奇妙。

南丰不光有千岁贡品南丰蜜橘、千古才子曾巩,还有千载非遗南丰傩舞、千秋古窑白舍窑、千年古邑南丰古城。

祖国疆域辽阔,人杰地灵,值得一辈子去走一遭或多次行走的地方有很多,譬如南丰——一个让人踏足难忘的地方。

缘来缘往。缘,妙不可言。我信。

南丰三原色

✎ 凌　翼

一

走进南丰，正是秋天。

刚欣赏完火车沿线的金色稻浪，又被满眼绿色的南丰橘园吸引。清澈的盱江像一条流动的彩带，将两岸成百上千的橘园串缀成人间天堂。

眼下正是秋分时节，小巧的橘子像青涩的处子，显得有几分害羞和忸怩，不让我们采摘。

"南丰蜜橘还要多久才能长成金黄耀眼的样子啊？"我问古城墙外一位侍弄橘园的老农。

"快了快了，你看我这些橘子啊，现在是皮青肉嫩，再有个把月，保证一个个像绿叶底下的小灯笼，诱人着呢！"老农坐在田坎上，不紧不慢地回答我的问话。

"那'小灯笼'是不是你们'对美好生活的向往'啊？"我接过老

农的话茬笑着问。

"可不是,习总书记最了解我们老百姓的心声哪!"我惊讶于老农的话,他对中央政策也是心知肚明呢。

老农说得很精辟,我认同他的观点。北面是一座在岁月风雨中渐显低矮的古城墙,南面是盱江在缓缓流淌,像两个老朋友相见,我们在夕晖下攀谈。

虽说"小灯笼"还没熟透,我叹息来早了,没有口福呢,不过,我们来得正是时候,因为南丰正在隆重举办纪念曾巩诞辰1000周年的盛大活动。借此机会,重新翻阅南丰先生曾巩的诗文,体悟曾巩散文的风骨,并领略南丰这座"千年古邑"的斑斓色彩。

二

南丰是一块浸透红色记忆的土地。

革命战争年代,南丰处于中央苏区北大门,属于苏区与白区的接壤地带,红军与国民党军最初的角力就是在这里展开的。这里是中央苏区第一至第三次反"围剿"的前沿阵地,第四、第五次反"围剿"的主战场之一。如今,康都会议旧址仍在,述说着毛泽东、周恩来、朱德、彭德怀等老一辈革命家在这里驰骋战斗的故事。在南丰,朱毛红军与国民党军进行了大大小小18次战役及战斗,其中"围攻县城战斗"是典型的围点打援战例,它奠定了"黄陂战役"胜利的基础,"三溪圩战役"是县境内敌我双方投入兵力最多、战线最长的一次战役,仅红三军团伤亡就达3000人,是朱毛红军建军以来死伤最为惨烈的一次战斗……不用说,今天南丰蜜橘的甘甜,是浸透了多少红军鲜血的土壤里生长出来的。

在潭湖，游船无须我们荡桨，沿着碧水流连往返。绿水青山，在这里不动声色地化作金山银山。绝好的景色，没顾得上看，与南丰一位对地方文化深有研究的工作人员聊到了革命历史，他指着潭湖周边的山峦说，在中央苏区第五次反"围剿"时，这里是主战场，著名的凤翔峰战斗就是在这里打响的。在"左"倾冒险主义的错误领导下，英勇的红军仍然以一当十，顽强阻击数倍于己的敌军。此战敌我双方共伤亡4000余人，付出了惨痛的代价。战后，陈诚哀叹同红军作战简直是"无期徒刑"。可见，红军的骁勇善战对陈诚来说，是多么痛苦的煎熬。参战的敌七十九师师长樊崧甫虽大出风头，随后连升三级，却因此战看到红军可怕的战斗力，多次质疑蒋介石的"攘外必先安内"政策，惊呼"应放弃内战"。

如今，鲜血染红的土地上，修建了碧绿的湖泊，供游人赏玩，也种上了蜜橘。此时，蜜橘尚青，还有十多天就能采收上市了。我摘了一只青色的蜜橘，去皮后试了试，满口的酸涩中也有几分甘甜，心想，再过些日子，这些蜜橘变成金黄，整个南丰大地不正是一座金山吗？

三

南丰的古色，难以尽言。

这里历史文化遗存甚丰，当地人总结南丰文化有"五个一千年"，除了"千岁贡品"南丰蜜橘、"千载非遗"南丰傩舞、"千秋古窑"南丰瓷窑（白舍窑）、"千年古邑"南丰古城，2019年又添上了"千古才子"南丰先生曾巩。

南丰先生，是曾巩的别称。古代文人有以祖籍地为号的习惯，比如与曾巩同时代的王安石被人称为"临川先生"，这与山西河东人柳宗元世称"柳河东"、河北昌黎人韩愈世称"韩昌黎"是一脉相承的。

在新时代，文化自信成为富庶的南丰人创造美好生活的秘诀。曾巩诞辰1000两年之际，南丰人不遗余力地请出"千古才子"南丰先生来打造地方文化品牌，真可谓独具匠心。

江西人文鼎盛，一句"两宋文人半江西"道出了江西文人在北宋、南宋时期做出的辉煌成就。熟悉江西文化的人自然能点出一长串的名字，诸如欧阳修、曾巩、王安石、晏殊、晏几道、黄庭坚、杨万里、姜夔、朱熹、陆九渊、李觏、洪迈、谢叠山、文天祥……这些名字像镶嵌在夜空中耀目的星子，曾巩就是其中的一颗璀璨之星。

南丰先生的文章，北宋文坛领袖欧阳修多次称赞过。欧阳修早年得志，在京城混得风生水起，初次见到从赣地来的比自己小12岁的曾巩，读罢这位小老乡的文章，便脱口赞扬"百鸟而一鹗""文识可骇"。一个人才的成长，离不开老师的褒奖，欧阳修的慧眼识才，对于曾巩这位初涉文坛的新人来说，无疑是巨大的鞭策。北宋文坛群星灿烂的景象，是与欧阳修对文学后生的提携密切相关的。曾巩日后果然没有辜负恩师的赏识，成为妇孺皆知的文章大家。

曾巩与临川才子王安石年轻时就交情深厚。论年龄，曾巩长王安石3岁。王安石比曾巩出仕早15年，因为变法思想他在政坛崭露头角，被神宗皇帝擢升为宰相，王安石也由此成为中国历史上寥寥可数的伟大改革家之一。王安石与欧阳修的相识，曾巩还起到过穿针引线的作用呢。

曾巩与欧阳修、王安石同为"唐宋八大家"之一，他们是中国文学史上耳熟能详的巨匠，江西人提到他们，无不洋溢出满脸自豪。

曾巩年少时就有文名，可惜父亲去世得早，他不得不放弃求取功名的机会，转而为家庭的生存而奔波。曾巩的青年时期，苦难与理想交织。那时，最小的弟弟还在继母的肚子里没有出生，十几口人的大家庭，光穿衣吃饭就需要一笔不小的开支。父亲去世后，他首要的是要承担养家糊口的重任——既要奉养继母，还要让年幼的弟弟、妹妹们健康长大，不荒废学业。他开始为全家的生计奔波，同时又不坠青云之志，要为理想而奋斗。

曾巩写过《学舍记》和《南轩记》两篇散文。《学舍记》写他游历的事情，他家住盱江边，顺流而下就到了鄱阳湖，然后进入长江，向东顺江而下可达大海，向西逆水而上可抵汉水、洞庭湖，向北经运河可到当时的京都开封，由此可知，曾巩身居南丰一隅，却胸怀天下。《南轩记》让我记忆深刻，曾巩将家旁边的一块杂草地开发出来盖了一间简陋的小屋——只是用竹木搭建起来，上面盖上茅草。这间茅屋就是"南轩"。劳动之余，曾巩收集闲散时光在"南轩"读书、写作。他后来成为妇孺皆知的文章大家，与这间"南轩"分不开啊。一个人要想成才，在任何环境下都不能迷失方向。心中有理想，就像夜空中遇见北斗星。

时光流逝，家里的弟弟、妹妹长大都谈婚论嫁了，才轮到36岁的曾巩结婚成家。曾巩对国与家贡献不可谓不大，39岁那年，他率一门六人赴京赶考，竟然全部考中进士。这对于一个家道中落的乡村人家来说，无疑是天大的喜事；对于朝廷来说，曾巩输送了出色人才是国家之幸。他的弟弟曾布就是这次应试中第者之一，后来官至宰相成为历史的

弄潮儿，这与曾巩的教育分不开。

这次到南丰，我幻想能够找到曾巩读书的"南轩"，哪怕是一处遗址也行。可是，问了几个南丰人，没有一个人知晓。时代那么久远，这不能怪南丰人。

来到洽湾镇渣坑村，村子位于盱江东岸，背山面水，风景不错。这个村子是曾巩七世孙觅地建起来的，现在看来仍然古色古香。曾巩祠就坐落在这个村子，始建于宋乾道年间，距今有800多年历史。元朝入主中原后，曾巩祠毁于战祸，到明中叶进行了重修。到了清朝康乾盛世，曾巩祠进行了扩建，规模宏大，达到最辉煌时期。可惜在"破四旧"年代，曾巩祠未能幸免。2013年重建的曾巩祠，再现了老祠的风采。

如今，新农村建设旗幡招展，当地政府修建了一条9米宽的柏油路直通县城，打造了一个曾氏文化广场，使渣坑村笼罩在一股浓郁的曾氏气息之中，有了一道可圈可点的人文景观。

走在夜色下，仰望南丰的星空，隐隐约约看见有几颗星子朝我眨着眼睛。我想，那颗最亮的星子一定是南丰先生吧。

四

说到南丰的绿色，不得不说南丰蜜橘了。

南丰处处是橘园，简直是橘的海洋。此时，蜜橘虽然尚显青涩，但蜜橘的香味弥漫在南丰大地。南丰有280万亩土地，蜜橘园就有70万亩，占了全县土地面积的1/4。

南丰人的土地很少种植水稻，几乎能种植的土地全部种上了南丰蜜橘。如此大面积种植单一品种，也许只有南丰人敢想敢干。南丰蜜橘年产量达 26 亿斤，畅销全国并远销海外 40 多个国家和地区，仅南丰蜜橘一项，每年综合产值就达 120 亿元。小小的橘子，不仅是南丰人脱贫致富的法宝，更是南丰人对美好生活向往的定海神针。

据《禹贡》记载，早在 2000 多年前，南丰蜜橘已被列为贡品。作为生长于南丰的曾巩，他鲜活的文字中也跳出了南丰蜜橘的形象。

鲜明百数见秋实，错缀众叶倾霜柯。
翠羽流苏出天仗，黄金戏球相荡摩。
入苞岂数橘柚贱，荐鼎始足盐梅和。
江湖苦遭俗眼慢，禁御尚觉凡木多。
谁能出口献天子，一致大树凌沧波。

诗中的"献天子"，正应和了南丰蜜橘"贡橘"的美誉。南丰这小小的橘子，在现代史上也领受过"国礼"的待遇呢。1949 年 12 月，中共中央主席毛泽东出访苏联参加斯大林的 70 寿诞并商讨订立新的中苏条约，毛主席代表中国人民向斯大林赠送了寿礼：斯大林的湘绣头像，斯大林著作中译本，象牙宝塔，景泰蓝和南丰蜜橘。斯大林看到这些礼物非常高兴，特别是看到南丰蜜橘金黄匀称，颇觉可爱，拿起一个信手剥开，品尝后称赞："这种中国的橘子真好吃，可称为橘中之王。"

斯大林赞不绝口的广告使得中国橘子誉满全苏，吃南丰蜜橘一时成为苏联的风尚。这也为中苏缔结友好条约酿造了甜蜜氛围。

在当年贡献"国礼"的水南乡建有一座"国礼园"。走进"国礼

园"，南丰蜜橘的清香扑鼻而来，这时一阵悦耳的鼓乐声响起，一场傩舞表演就在田间地头展示起来。在"国礼园"能遇见南丰傩舞表演，是大饱眼福的一件事。在南丰，每有重大活动，必定有傩舞表演助阵。

五

南丰的色彩不是单一的，它交错杂陈，彼此渲染，红色中有绿色，绿色中有"古"色，"古"色中有红色……一种颜色无论怎样还是一种颜色，如果一种颜色加上另一种颜色甚至两种、三种颜色，就变成斑斓的复色了。

在南丰大地，我眼前跳动着五彩缤纷的颜色，最后定格在红、古、绿这三种颜色上。

——在绿水青山间，众人指点着夕阳下的那座军峰山，它耸立于大地之上，这是无数红军英烈的化身吗？

——穿行在曾巩文化园，曾巩写下的千古文章再次激发我的灵感，我应该用怎样的文字来描绘今天？

——在南丰大地，看见人民群众欢声笑语，我的脚步所到之处，呼吸间盈满阵阵橘香，这难道不是人民对美好生活向往的最美神韵吗？

让爱在梦里开花

✑ 吴光辉

一

寒江渡，桅帆孤，浪花飞吐，载一船浊泪婆娑。

在大明万历十九年（1591）的那个悲凉肃杀的秋景里，汤显祖乘坐一叶扁舟溯流而上，毫无预兆地向着他的人生必然姗姗而去。

天近黄昏，他命船家靠岸停船。

望梅峡，西日下，关山升冷月，走尽海角天涯。

仿佛是命运有意识地安排他夜泊此地，仿佛他此前的宦海沉浮全都是为了引导他踏入这个如诗如梦的意境。

他登岸之后方才得知岸上的这座小城名叫南安，明代在此设立府治，是被贬岭南的官员必经之地。唐代的宋之问、宋代的苏东坡等许多文臣名流，当时被贬全都途经此地，今夜这里又多了一个明代的汤显祖。

仲秋的黄昏和阴冷的山风一起衬托着汤显祖一脸的忧愤，他放眼望去，只见小城被迷雾笼罩着默不作语。

人南漂，鸟离巢，两行孤旅泪，满腹是《离骚》。

汤显祖在这萧瑟的冷月之下徘徊起来，觉得自己就是一只孤雁，昨日从应天府（今南京）飞来，明日又要飞向他被贬谪的徐闻，念去去烟波浩渺，前程叵测，一种落寞孤寂的情绪涌上心来，他身上原有的狂傲不羁似乎无影无踪了，举头仰望秋夜的长空，残月如钩，云淡星稀，他不禁长叹起来了。

狂傲的个性使他在仕途上四处碰壁。因为他的妄语、耿直，被领导们安上一个"狂奴"的外号，他的官场生涯因此变得更加坎坷。两年前，40岁的汤显祖好不容易谋上应天府礼部祠祭司主事这个闲职，这时顺天府（今北京）吏部有人给汤显祖捎信说，只要他不那么愤青，向领导折一下腰，摧一下眉，就能被提拔重用，一头冲的汤显祖居然回信断然拒绝了这个好意。不仅如此，他的嬉笑怒骂全然显现于色，以至于"是非蜂起，讹言四方"，结果被领导骂为"狂奴"。当然，最能彰显他"狂奴"本色的，还是他面对科场舞弊、官场腐败、外族入侵，奋笔写下了《论辅臣科臣疏》，直接呈送给了万历皇帝。他扬言要为病入膏肓的大明王朝开一剂猛药，甚至要将万历皇帝棒喝警醒。他在这份奏折的开始就指责辅臣欺上蒙下、抨击科臣上贿下索，最后要求万历皇帝罢他们的官、撤他们的职。汤显祖的矛头直指当朝首辅等重臣，结果一下子震动了整个朝廷。万历十九年五月，皇帝下旨给汤显祖扣上了"假借国事，攻击元辅"的罪名，将其贬官至广东省徐闻县做个小小的典史。

无比愤怒的汤显祖被贬之后，从南京乘船一路南行，每当入睡便会被噩梦惊醒。

42岁的汤显祖就是带着这样的愤世嫉俗，风餐露宿，一路向着他人生的这个必然奔波而来。

夜空月色黯淡，四处一片朦胧，只能看到密林的轮廓，听到一群乌鸦在林间盘旋发出凄厉的叫声。

汤显祖在驿丞的指引下，向南安府（今江西省大余县）的后花园走来。

夜雾缭绕，孤月残照，冷不丁走进了梦宵。当跨进了园门，他就一下子惊呆了，因为于他而言，南安府后花园的所有景观全都似曾相识，一种久违重逢的感觉遍布了他的每一根神经。

那小桥流水、亭台楼阁，那花木草丛、曲径回廊，还有那牡丹亭、舒啸阁、芍药栏、绿荫亭、梅花观，他全都烂熟于心，可他反复寻思，自己确实从未来过，他只能推断自己是在梦里相遇。

也就在这个时候，他突然听到一阵砍伐的声音从花园深处传来，循声而去，却见花园东墙角的一株大梅树轰然倒下。汤显祖急急上前询问原因，众人居然说出一段离奇的故事来。原来南安前任杜太守之女如花似玉，曾在这个花园私会情人，遭到父亲的责骂。杜小姐最终忧郁而死，杜太守便将爱女葬于这株梅树之下。从此，每当月黑风高，梅树上便会发出索索声响，有时还会发出凄厉的呼喊："还我魂来！还我魂来！"现任太守不堪梦魇之苦，因而命人砍掉这株梅树。

此时，汤显祖似乎看到梅树的身上正在汩汩流血，压抑于他心底的狂傲本性再一次显现出来了，他不顾一切地扑上前去，大声疾呼着要将梅树扶起重新栽植。

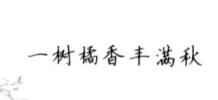

夜色之中，所有人脸上的表情全都模糊不清，所有景物隐含的寓意全都被秋雾掩盖了。

汤显祖站在奄奄一息的梅树边，恍恍然不知自己是在梦里，还是在现实中。

是现实在梦里，还是梦在现实里？

其实，梦和现实全都在汤显祖的人生里。

二

他的生命已经耗去大半，他的一生似乎只是为了这个姹紫嫣红的花儿开遍的梦境。

偶遇南安府后花园之后的整整7年，他一直不能忘怀这个似梦非梦的意境，一直到他愤然辞官还乡，在江西临川（今抚州）的玉茗堂，终于将这段奇遇写进了他的千古绝唱《牡丹亭》。

几代寒儒，风吹雨注，谩说书中有财富，唯有浩然之气能诉。

"狂奴"仍然是汤显祖的本性，他敢于和封建专制叫板的人生，只能在《牡丹亭》里才能取得完胜。

他肯定是将自己暗喻成了养在深闺人未识的杜丽娘，将自己的满腹才华比喻成了杜丽娘的"沉鱼落雁鸟惊喧，羞花闭月花愁颤"，将自己的孤傲狂放、不为五斗米折腰，又比喻成了杜丽娘的纯情自恋。

就这样，汤显祖让年方二八的杜丽娘梳妆打扮一番，从封建深闺里走了出来，沿着自己走过的花园小径款款而来，让她看到在这座寂寞的庭院里，一片争芳斗艳、春意盎然，让她看到那盛开的百花被春风吹动，在自己的面前飘摇曼舞，使这位足不出户的千金小姐不禁发出了

"不到园林，怎知春色如许"的感叹。

杜丽娘看到姹紫嫣红的花朵只能孤独地盛开在破败不堪的残院里，因为那春晨的云霞、如丝的细雨、青色的轩窗、雾里的画船，全都成为汤显祖孤芳自赏的一种曲笔，他浓墨重彩地渲染着杜丽娘向往爱情的唯美意境，更是在浓墨重彩地渲染自己治国平天下的理想境界。

然而，主动辞官回乡的汤显祖，此时的理想已经被现实打破了。

他从南京被贬徐闻的第二年，就被调到浙江任遂昌知县，一干就是5年，虽然政绩颇丰却终不得提升。他的"狂奴"本性再次展露，他又写了一篇《感官籍赋》，公开揭露自己看到的官场丑恶。自己年将半百，却壮志难酬。正在这时，万历皇帝又下旨增收"矿税"，直接委派太监到全国各地征收矿产税，公然搜刮民财。对此，汤显祖义愤填膺，撰文公开和万历皇帝叫起板来，抨击的矛头直指封建王朝的最高统治者。就是在这种情形之下，汤显祖主动向北京吏部递交了辞呈，自己炒了皇帝的鱿鱼，扔下了乌纱帽，拂袖而去。

而后，他唯一能够做到的，只有在他的剧本中让自己的"狂奴"本性得以完全释放。因此，他让杜丽娘压抑已久的人性，在春游之后的美梦中得以充分的展现。

肠断句，情难诉，相思莫相负，牡丹亭上三生路，一梦成千古。

汤显祖让杜丽娘回到香闺里昏昏入睡，让她做了一个春梦，在梦里看到一个俊朗书生，手执柳枝，翩然而至，站立在她的面前，还要她题诗作对，最后被那俊朗书生搂抱着到了牡丹亭畔，在花神的护卫之下，共行云雨之欢。

此前后花园里的百花盛开，都是为这梦里的男女之欢做铺垫渲染。

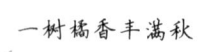

汤显祖刻意将柳梦梅塑造成如同自己一样的读书人，让柳梦梅对杜丽娘说出的第一句话便是和诗文有关："美女！你既然爱好文学，可作一首诗来赞赏这根柳枝吗？"汤显祖将自己对诗歌的爱好完全附会于柳梦梅的身上，然后就让柳帅哥右腿跪地大胆地表白了："美女！我爱死你了！"还没等杜丽娘缓过神来，他就火急火燎地提出去芍药栏、湖石边缠绵了。在这里，汤显祖的"狂奴"秉性得到了最大程度的发泄。

然而，如花美眷，似水流年。杜丽娘在梦里"领扣松，衣带宽"之后，惊醒回到了现实，遇到的则是老母的严命和老父的斥责，再去后花园寻梦，寻来寻去都不见，只剩下牡丹亭、芍药栏，凄凉冷落，杳无人迹，自然是伤心无限了。

假使说梦里的爱情是汤显祖人生理想的一种寄托，那么现实的冷酷便是汤显祖官场失意的一种写照了。

《牡丹亭》之梦，其实就是汤显祖在虚拟世界里的思想梦游，更是汤显祖在现实世界里的一次精神私奔。汤显祖的梦就是将自己的社会理想附着在男女爱情的身上。因此说，他根本不是写梦里偷欢，而是为了借梦言志。

让爱在梦里开花，不仅是爱情之花，更是精神之花。

三

卷西风，月轮空，吹梦无踪，人去再难逢。

一曲追思亲人的唢呐和一条招魂的白幡，将汤显祖终于从美妙浪漫的戏曲里拉回了残酷悲苦的现实。

按赣东北的风俗，在亲人离世七七四十九天时要为其招魂。

这时，现实中的月色已经被绵绵的雨雾遮掩住了，整个临川城里显得阴森森的一片迷蒙。玉茗堂庭院里正在焚烧纸钱、箔锭，几个和尚在念佛诵经超度亡灵。

就在一阵抑扬顿挫的唢呐声里，一声声伤心欲绝、撕心裂肺的哭喊，从院子向四周扩散开去。他的哭声随着大明万历二十八年的秋雾在不断飘散。

白发泪，黑发丧，生死两茫茫，秋夜梦见短松岗。

阴郁的夜雾还在不停地翻腾，摇摆的白幡还在不停地招魂，焚烧的纸钱还在冒着青烟。一顶纸糊的轿子开始焚化，放射出一片耀眼的火光，将整个招魂仪式推向了高潮。

此刻，现实和梦境产生了强烈的反差，让汤显祖的情感一下子无法接受，使他猝不及防地跌落在现实的残酷里，久久地不能自拔。

49天前，汤显祖年仅23岁的长子汤士蘧亡故了。

汤显祖原本将自己官场失意之后的希望寄托在他的身上，满心希望儿子能当上翰林院学士。诚然，汤士蘧确实是一个神童，3岁读经书，8岁能著文，12岁就读完二十一史，16岁就考取了秀才，19岁被授予南京国子监生，被人称赞为"凤冠人群，人中之龙"，汤显祖也夸奖他有"佐王之才"，本以为他成为翰林院学士绝不会成问题。然而，汤士蘧20岁参加秋试居然名落孙山，这让汤显祖万分失望，一怒之下拿起戒尺狠狠地打向儿子病弱的身体。汤士蘧本来就多病，又加上得了疟疾，腹泻，在汤显祖的高压之下，准备下次秋试时不敢有半点懈怠，带着病体日夜苦读，结果一病不起，命归黄泉。

对汤显祖来说，汤士蘧的夭折，不仅是他的儿子死了，而且是他的

理想死了。

将顺耳，望古稀，面如土，鬓如丝。51岁的汤显祖老年丧子的巨大痛苦是常人无法想象的。儿子的命运和汤显祖在《牡丹亭》里描写的柳梦梅高中状元恰好相反。这时，他只能祈望和爱子在梦里相见。

此时此刻，汤显祖还没有料到，儿子英年早逝之后不到一年，自己会再次遭受政治上的打击。因为当年汤显祖写了《论辅臣科臣疏》，现在他遭到了报复，当朝者以"浮躁"之罪名，对汤显祖予以撤职罢官的处置。这"浮躁"二字便是对他"狂奴"性格的一次书面鉴定。

汤显祖天资聪慧，5岁进家塾读书，12岁能写诗文，14岁便中了秀才，21岁中了举人。以他的才学，应该前程远大，仕途上也可扶摇直上，可明朝的科举制度已十分腐败，加上他天性耿直，不事权贵，他的仕途也就可想而知了。万历五年、八年两次会试，当朝首辅要安排自己的几个儿子参加考试，为了掩人耳目，想找几个有真才实学的人做陪衬。汤显祖十分憎恶这种腐败的风气，先后两次拒绝，并且大义凛然地说："吾不敢服从，犹如处女怕失身也！"在首辅当权的岁月里，他便永远落第了。在这个首辅去世之后，继任首辅去拉拢汤显祖，结果也被他拒绝了。这样的"狂奴"秉性，使他的仕途必然布满了荆棘，对他日思夜想的翰林院学士之职位也就更加望尘莫及了。也正因为此，他才将自己的理想寄托于《牡丹亭》的梦境里，同时也寄托于现实中的汤士蘧身上。

荒台，古树，寒烟。唢呐长叹，夜雨哽咽。

一队跳赣傩的戏班子开始狂舞起来了，他们全都戴着青面獠牙的面具，手里拿着各色各样的兵器，那一把把黄白色的纸钱便在傩舞队伍的四周飞舞着。

"我的儿呀……我对不起你呀……"汤显祖仍然在不停地号哭着。

赣傩班子开始跳起来，粗犷的锣鼓、凄凉的唢呐也一起演奏起来了。"铛、铛、铛……"全身穿着红绿黄长袍、脸上戴着各色面具的跳傩舞者纷纷上场，按照锣鼓的节奏一起狂舞起来。紧接着，便是两将、四将、八将的对垒比武，只见刀光剑影，杀气横飞，表现出驱邪惩恶的祈望，也是在为逝者赴阴间开路壮胆。

汤显祖泪流满面，跌倒在现实冷酷无情的地上，脑子里突然想起自己《牡丹亭》里的一句台词，嘴里便高声喊道："状元柳梦梅听旨！除授你为翰林院学士……"

没有人听清汤显祖的台词，身边的跳赣傩者还在狂舞，黄白纸钱还在头顶上飘飞。

四

一片嫉情，三分浅土，半壁斜阳。

汤显祖在自己营造的梦境中穷困潦倒地死去。

经历了爱子早丧、罢官免职的打击之后，汤显祖一病不起。他在病中梦见自己已经死了，埋葬在了梅花观里，土坟上种满了姹紫嫣红的野花，他甚至躺在土坟下面都能闻到野花的香味，还能看到有两只美丽的蝴蝶在野花旁边轻盈地飞翔。他居然也像自己在戏文里描写的杜丽娘那样，病得迷迷糊糊。

病境沈沈，不知今夕是何时夕。

汤显祖生活的时代，是400年前的晚明，那时的社会风气视戏曲为

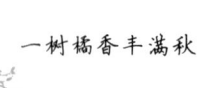

小道。因此，汤显祖并未因编写"临川四梦"而衣食无忧，在被罢官之后全家人一日三餐的温饱都成了问题，也就不得不卖文度日了。他在给友人的信中说："不佞弃一官而速贫。"有时，为了解决全家人的生存问题，他不得不外出借债，然而借了又无力偿还，也就常叹"想求一避债台而不得"。他的人生结局居然应了他18年前所写《牡丹亭》中的陈最良，先是灯窗苦吟，科场若梦，后来被贬官停廪，衣食单薄，被人戏称为"陈绝粮"。

鼓三冬，愁万重，冷雨残窗灯不红。

此刻，汤显祖面色枯槁、目光呆滞地说："末路始知难，速贫宁速休！"他这里所说的"速休"即速死。

在这种情形之下，友人给汤显祖写了一封信，劝他不要太孤傲了，只要能去拜访一下当地的官员，或许能够得到一些资助。但汤显祖在给友人的回信中说："我已又老又穷又病，肯定不会去找那些年轻气盛的官员乞讨扶贫款的！"可见，他一直到生命最后的日子，也没有改变高洁正气的"狂奴"秉性。

其实，如果没有这种"狂奴"秉性，就没有无拘无束的想象，也就没有"临川四梦"的传世剧作了。

汤显祖创作的《牡丹亭》《紫钗记》《邯郸记》《南柯记》，全都写了梦境，这四剧是他毕生心血凝聚而成的人生之梦。汤显祖是以虚幻的记梦形式，来表现大明王朝的现实真实。他在《邯郸记》中描写邯郸卢生梦中娶娇妻、中状元、享富贵，最后方知是一场黄粱美梦；在《紫钗记》中描述的书生李益被太尉陷害、豪侠解围，也是一场幻梦；在《南柯记》中描写的书生淳于梦做了大槐安国驸马，结果更是一场空梦。这些梦境难道不是写汤显祖自身宦海沉浮的人生思考？难道不是写他对大明王朝命运的无限担忧？他在《牡丹亭》里不就直写了胡兵入侵中原，皇帝急忙询问抗敌对策吗？

汤显祖便是带着这些梦走向他的人生终点。

万历四十四年（1616）夏，汤显祖贫病交加，他自知已经到了大限，便含泪对家人立下了遗言：不要雇人助哭，不要和尚超度，不要亲友祭献，不要焚烧纸钱，不要撰写祭文，不要讲究棺木，不要推迟下葬。他明白家里已经到了山穷水尽的地步，哪里还有多余的钱来为自己操办丧事。

泪雨梧桐，夜夜孤鸿，瘦骨病沉重。

此时，他已经贫病交加、心灰意冷、一心求死了。

然而，他临终前虽然每天只能喝一小碗稀粥，居然还没有忘记自己治国平天下之志。他最后一次拄着拐杖，支撑着羸弱的病躯，站立在玉茗草堂的门前，久久地凝望着北方，让北风尽情地吹拂他的白发。他知道此刻的北方，女真族部落羽翼已丰，努尔哈赤已经在辽即位，八旗精兵，金戈铁马，正虎视眈眈地瞄准着大明王朝。

由此看来，18年前写成的《牡丹亭》就是他的忧思成梦，就是他对大明王朝的深层忧患，更是他对一个王朝由盛而衰时吟唱的一首时代挽歌。

他自己正是唱着这首挽歌，万般无奈地离开了人世。

临死之前，汤显祖瘦得已没了人形。他躺在病床上，临终一梦，居然再次梦见自己的遗体四周全都是盛开的野花，脑海里又浮现出杜丽娘临终前在南安府后花园里的一切场景。

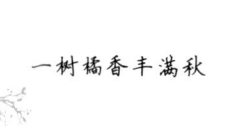

他想起杜丽娘香消玉殒时的一句唱词,用尽全身最后的力气,断断续续地说:"恨西风……霎无端……碎绿摧红……"他还没说完,就咽下最后的一口气。

情如醉,浑如痴,惊梦已碎,赚得天下多少泪。

万历四十四年六月十六日,这位享誉世界的戏剧大师,67岁的汤显祖,在他的玉茗草堂溘然逝世,终于到九泉之下去见他的杜丽娘了。与汤显祖同年去世的还有西班牙剧作家塞万提斯、英国剧作家莎士比亚。

按汤显祖生前的要求,家人将他草草葬于城东灵芝山坡汤家坟地,只有土坟一座,残碑半块,自然比不上南安府后花园里杜丽娘的墓园气派,只是家人居然在他的土坟四周真的栽满了野花。

让爱在梦里开花,这里的爱岂止是爱情,当然还有爱国之心,还有修身治国平天下的理想。汤显祖只能让他的爱国理想在梦里实现了。在他去世之后仅仅28年,大明王朝就灭亡了。

他的爱只能在梦里开花。

一颗橘子的想象

✍ 张庆国

一

我在江西南丰县的一个橘园里,跟正在修枝的橘农交谈,向她询问橘子的收成情况。这个瘦小的中年女人,穿一身红花布工作服,再用同样粉红的新式帽子严密裹住了脸、脖子和脑袋。现在的农民干活要穿工作服,还要用漂亮的帽子蒙住头脸,全副武装地遮挡太阳与风沙,可见她们日子好过了,非常爱美,讲究得多了。

她在忙碌干活,有一句无一句地回答着我的询问。这位橘农家有700多棵橘树,每棵树最高年产200斤,最高价每斤3元,低价时1元1斤,平均算2元1斤,除去雇工采摘及化肥农药各种支出,年收入20万元不在话下。我认为这是很不错的收入,不知道橘农有何感想。

赚钱肯定高兴,亏本也未必绝望。前几天,我在云南富源县胜景关村,看到一位70岁的农村妇女蹲在地上,把晾晒的散乱苞谷一个个捡

拾进簸箕里。问她收成所得，得知后我发现太少，入不敷出。再问，才知今年天旱，苞谷减产大半。关于亏本，她的解释是没关系，只是种着玩。看她兴奋忙碌的动作，我认为回答得真实。她的儿女都在外打工，另有收入，家里买了汽车，还盖了3层楼的住房，几千元钱并不缺乏，缺乏的是对生活的期待与想象。

若单算经济账，很多乡下老人的耕种活动，都可以停止。可不种点什么，每天的日子会空虚。坐在田头地角发呆，或坐在空屋里打瞌睡，生命空洞，无想象，亏损更大。

春天播种，秋天收获，漫长等待，结局难料。现代农业科技一直在进步，人类的耕种控制力还是有限。自然环境中的农业，最需要强大耐心，最有宿命感，也最具想象力。正是这些体验，给生命带来了充盈的力量感。

所以，种苞谷跟种橘子一样辛苦，也一样快乐。但南丰这位中年女人种橘子，又与云南那位老大妈种苞谷不同，种橘子不是为了打发时光，是较大规模投资的农业生产，700余棵的种植量很大，还有其他人家比她种得更多，千余棵或数千棵都有可能。另一个不同之处是，南丰县的橘子种植之后，有深厚的文化背景为其支撑，这里的橘子种植有千年历史，橘子是祖宗的馈赠、时间的供奉，不可辜负。

二

南丰县的橘子为金橘，是一种小个子品种，随处可见，最初我不以为然。它含糖量高，故称蜜橘，也没有引起我的好奇。如今的果树栽培技术，有科技支撑，通过实验室分析和技术指导，可以掌控土壤的氮磷钾含量，进而在一定程度上控制成熟水果的酸甜度。我曾在中越边境的云南河口县，看到很多沿路书写的销售干鸡粪的广告，问当地朋友，才知道那个亚热带地区的香蕉种植需要大量鸡粪，因为含钾高的鸡粪最能促进香蕉生长，并能保证香蕉中积蓄人们所期待的香甜味。

但南丰金橘与一般水果不同，它的种植首先不在于技术难度，而在于历史长度，获知它的种植始于唐朝，才让我惊讶并想象力大开。我见识过的水果大都是从外地引进，几十年历史已经够长，没想到江西南丰县的金橘，竟然是中国最古老的柑橘品种，千年前就已种植并美名流传，曾被欧阳修赞美，载入了史册。

"日啖荔枝三百颗，不辞长作岭南人"，唐朝时，广东人飞马传递，送荔枝进京，原因是北方的环境种不出广东热带水果。北宋欧阳修在其《归田录》中记述，江西产金橘，路远不可得，因皇后喜食，价格不菲，名动京城。这话说得重，却让我有些生疑。北方没有橘子？或南丰橘子也不适应北方气候？或当时人们不会移栽果树？人类何时掌握了果树移栽技术，中国北方是否出产橘子，我不知道，但江西南丰金橘之好，也许在于当地水土、气候有利于金橘生长，或更能保证金橘足够的甜度。

想象力如群鸟翻飞，我的眼前展开了丰饶大地，今日中国遍布各省的金橘，一定有南丰县传出的唐朝古老品种。那些老种在流传中被各地栽种果树的高手们反复改良，又结出新种，再传至别处。甜蜜的果香就这样四处飘荡，传之广泛。就像先生教出学生，学生成长为先生，再教出更多好学生。但南丰金橘这位老先生，千年来独占权威，始终品质超群，被市场追捧，确实不易。进入21世纪，南丰金橘发展出了巨大的种植规模，年产值百亿元，超过很多地区的工业经济体量。

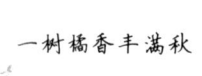

千年流传的老橘,牵连到文化传承,让我再想到欧阳修。他生于四川,祖籍是江西,在中国古代散文写作中提出过重要思想,开创一代文风,位列唐宋八大家。同时他大力举荐,助苏洵、苏轼、苏辙,以及曾巩和王安石功成名就,也进入唐宋八大家之列并盛名流传,恰如好橘种繁育,果香处处。

经欧阳修提携并入列唐宋八大家的曾巩,正是南丰县人。南丰古来产橘,还文气深厚,被赞为才子之乡。此地好读书而成就功名者,如金黄的橘子挂满历史枝头,再次超出了我的想象。资料显示,仅宋代的统计,南丰县就有进士212人,元、明、清三代的统计,有进士156人,举人557人,武举58人。自宋至清,南丰县文人著书共607种4092卷,其中不少列入了《永乐大典》和《四库全书》。此外,南丰县所属的抚州市,还出过一位高人,那就是中国明代戏剧大师汤显祖。

三

我在距离南丰县100公里的抚州市"三翁花园"里,与汤显祖"不期而遇",倍感亲切。我对汤显祖格外熟悉并印象深刻,原因不单在于他的戏剧成就,更在于我家的一点私事。吾儿小学时考试,把试卷上的汤显祖填空,填成了我一位姓汤的云南作家朋友之名,制造了一个小范围流传的可笑错误。如今他已长大,浪迹北京,让我牵挂,所以,在抚州市"偶遇"汤显祖,就像寻到一位老亲戚,心里有些温润。

但一个与汤显祖有关的公园,取名"三翁",让人有些费解。明明是一翁,为什么多出二人?那个新建的公园内,高高站立着的三个人物雕像,正是"三翁"。其中一人是中国明代戏剧家汤显祖,另外两人是莎士比亚和塞万提斯，这让我摸不着头脑。问了当地朋友，才明白这个公园的创意极具想象力，接近于一篇虚构小说。

"三翁"国别不同，民族各异，互不相识，却出生并成名于人类文艺史的相近年代。汤显祖和莎士比亚同为戏剧家，塞万提斯写的小说《堂吉诃德》，把风行的骑士文化荒诞化，解构了神圣的传统，开启了欧洲现代小说之风，当时西班牙戏剧发达，塞万提斯也写过很多剧本。于是，三个天各一方的文人，被江西抚州人邀请进了同一个公园，恰如三个角色走进了同一部小说。

小说不能只有创意，想象力的有效实现还要体现在足够多的内容上，所以，"三翁花园"的虚构小说叙述，在细节安排上做足了文章。设计者把各不相同的漂亮花种，种植在公园的不同区域，用丰富的花木园艺布置以及分散在公园各处的现代雕塑，包括镶嵌在地面的巨大中国印章，来划分园内的不同文化区，营造出浓郁的历史文化气息，体现出深厚文雅的中式风格、典雅浪漫的英国古典情调和热烈的西班牙奇异风俗。

这个公园的创意和建造，是为了彰显江西抚州历史文化的久远与深厚，体现江西抚州人汤显祖戏剧成就超越国界的意义。21世纪的今天，欧洲的戏剧舞台上仍多次上演汤显祖的《牡丹亭》。南丰县是才子之乡，抚州市是中国文化的一处渊源之地，踏上这片土地，我深感荣幸。但是，更有一件事，令我有些振奋，在抚州市博物馆里，我竟然看到了一把东晋的鸡首壶。这可是我曾经遍查资料，在对历史的想象中摸索前进而不得的证据啊，没想到抚州市让我开了眼界，让我亲眼见识了一把真实的东晋古壶。

四

　　大约 2000 年前，我在云南东部的曲靖市考察，某日寻访到一处古陶瓷村，村中一位陶瓷师傅 30 余岁，他的父亲和爷爷都做陶艺，制陶手艺为家传。他开了一个小店，店里陈列着一把怪壶，壶口朝上，壶肚子上有一个张口的鸡头却为实心，不能倒水。我最初以为那壶的造型是那位村民陶瓷师傅独创，经同行中较懂陶瓷的朋友解释，才知道是古壶，名鸡首壶，为中国古代老壶的一个品种。

　　那位年轻的村民陶瓷师傅为什么要做一把鸡首壶？谁教他做的？还是那种壶村里人做得多？我赶紧向他请教，得知制作鸡首壶的村民师傅对这种古壶的文化背景不了解，他只记得这种形制的壶祖父做过，就凭记忆做了玩，想卖几个小钱。

　　我把村民师傅制作的鸡首壶买回去，查资料摸出线索，了解到一些知识。人类养鸡，历史悠久，中国人养鸡，据出土文物证实，已有 700 多年历史，所以，鸡与人类的关系非常密切。汉代《韩诗外传》中曾对鸡大加赞赏，称鸡为文、武、勇、仁、信五德的"德禽"，以鸡为装饰的瓷器，渐渐盛行。

　　古代的泥壶都是开口朝上，这种壶在肚子一侧粘一只鸡头，对应的一侧粘上鸡尾并弯成把手的式样，初创时并不是为了实用，是为了好看，更为了祭祀，表示某种祝福。当时的鸡首壶，有的壶上鸡首有颈，有的无颈只有鸡头，有的颈长，有的颈短，是因为各处做壶师傅创意思考的不同所致。

　　资料显示，鸡首壶诞生于西晋，东晋开始流传，隋代后渐渐匿迹，最终在唐初被执壶代替。执壶，就是一侧有把手一侧有出水壶嘴的壶。我的分析是，现在流行于世的执手壶，其祖先正是鸡首壶。恰恰是壶身上的鸡首造型，启发了人类的智慧，造出壶肚子上有嘴出水的壶。

但我要探讨的不是人类壶史，而是云南史。云南山高路陡，是个特殊地区，古代交通不便，无法进入。秦开五尺道进入一些地区，三国时诸葛亮率兵，也在云南做了些拓展，元代兵强马壮，才把云南整体控制，明代大规模的汉族移民中，也许就有我的祖辈。

所以，云南史有两个版块，一块是本地土著史，一块是汉文明传播史。土著史如何生长，汉文明如何进入并与云南土著文化融合，一直是有趣的话题。这个话题，却与云南曲靖这个地区有关，我最初见识鸡首壶的村子在云南曲靖市，曲靖有一个古老文化闻名于中国，曰爨文化，这种文化的命名源于曲靖拥有的两个碑，即爨龙颜和爨宝子碑，这两块碑上的字是汉字由隶向楷转变的证据，是中国书法史的绝品，古朴高妙，广受中外书家膜拜。

爨氏部族创造了重要的云南历史，一度在古代云南东部称雄。但爨作为汉文化之一种，肯定有某个进入云南的时刻，问题是，爨如何进入云南，何时来，从哪里来？一条文明传播与融汇的线索，如何在漫长的时间段中生发绵延？

这就牵出了鸡首壶，这种壶由浙江地区的越窑于西晋时创制，云南曲靖出现这种壶的村子，恰叫越州镇潦浒村，这不是巧合，应是被时光掩盖的秘密，一个越字，把我的书房照亮了。

鸡首壶流行的魏晋南北朝时期，中国社会大动荡，史上津津乐道的魏晋风度，出于当时政治的松散，谁也管不了谁，于是自由散漫，思

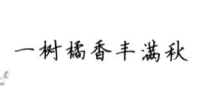

想活跃。魏晋时代是中国瓷器的大发展阶段，产量大，品种多，流行广泛。与此同时，当时的社会动荡也令人不安，刀光剑影，血流成河，魏晋时代曾有大批中原居民和士族地主南下，避乱求安。

可以设想，几户江浙地区的越窑匠人流落到云南，在某片山坡发现了陶土，建屋而居，繁衍成大村子，取名越州和记录水乡故土的潦浒。这是可能的，曲靖市的山中，有古代的五尺道蜿蜒通向蜀地，蜀地往北，再通向更远的中原，往东就是江西和江南。也许，那几户流落云南的古越国居民，就是爨氏豪族，他们在云南兴旺发达，遂成盟主，统治一方。

还可猜想，也许，那个云南古村的陶瓷师傅先祖，是来自中国的江西省，因为江西离浙江很近，也出陶瓷。这种推断亦非臆想，江西人对云南了解最多，清代云南会泽县出产的铜，支撑中国造币业的半壁江山，入滇的铜商和矿工中江西人很多，会泽县建造的古代江西会馆至今名声在外，参观者众。

所以，于云南人而言，江西人是一个远房亲戚。在江西的南丰县见识千年古橘，还看到古代汉文化入滇线索的证物，是我之大幸。

在南丰识曾巩先生

✎ 石华鹏

一

我将世上的地方分为两种：我去过的和我没有去过的。

生有涯，而地无边，普通如我者，既非徐霞客又非行脚僧，一生能去多少地方呢？去某地，不过随性巧遇而已，世界上没去的地方终究不可计数，去过的地方屈指可数。正因为此，去过的地方才会倍显珍贵，对其倍加珍惜，有时候真想在所到之地刻上"到此一游"，但这样做不雅，有碍观瞻，只得不停地在自己脑子里刻上"到那游过"的字样。

尽管我们的脚步踏不遍万水千山走不完海角天涯，尽管有人说所谓旅行就是从自己待腻的地方去到别人待腻的地方，但我还是想说，所有没去的地方都值得你去一次。因为对我而言，所有没去的地方都有一种没去的诱惑——一段陌生的文史、几样异样的小吃、三两故交新友、几处奇崛或平淡的山水，抑或空气中不一样的气息，无一不是诱惑。英伦

才子王尔德说除了诱惑我什么都能抵挡。我们去到一地，不是想要得到什么，相反是为了失去好奇。

我还有一个另类的看法，觉得只有到一地走过之后，那个地方的历史人文、风情风物才会真正从沉睡的经史典籍、民间传说中苏醒，活生生地走到我眼前来，一切过往方才跨过时光栅栏与现在融为一体，变得触手可及、生动活泼起来。去一地，方可思一地；去一地，方可感知一地。一地的文化密码藏在一地的天、地、人之中，你只有去到那里，脚踩在那里的土地上，呼吸那里的空气，见识那里的人，你才可能破译那些密码。这或许只是我的个人偏见，但这确实是我背起行囊前往一地的最大乐趣和最大理由。

前段时日我去了江西南丰。借助纪念南丰名人曾巩诞辰1000周年活动的偶然机会我去了南丰。

南丰我并不陌生，从我谋职的福州回我的湖北老家，坐动车或者自驾车，南丰都是必经之地，一年中途经好几次，只是我未曾去过。南丰与福建建宁比邻，两县城只隔80多公里，我在建宁时建宁的朋友要带我到南丰"品尝千年贡橘和欣赏千年傩舞"，我也没去。

曾巩的名字我也不陌生，著名的唐宋八大家之一，他在福州任过知州，写过诗文名篇《道山亭记》《城南二首》《西楼》。福州乌山上的道山亭边就刻有曾巩的《道山亭记》，我多次登临驻足欣赏过。他当年在福州的办公之地离我单位不过几站路。

曾巩是南丰人。这次我到了南丰之后才发现，自以为不陌生的南丰加上自以为不陌生的曾巩，其实等于甚为陌生和不熟悉的南丰与曾巩。

我未曾想到南丰是一个如此宁静古朴的千年小城，山不高而悠远，橘林绿而连绵；我未曾想到南丰对曾巩的哺育和曾巩对南丰的意义如此重大；我也未曾想到文章大家曾巩经历了如此内心跌宕、声名起伏的一生。

行走于南丰古城内，随时会与曾氏家族的印迹相遇。城内里巷间，纪念曾巩的"文定巷"穿插其间。老城西边一栋古建筑，是曾氏先祖住宅，辟为曾氏祠堂，门楣上挂"秋雨名家"的牌匾，这块牌匾与曾巩祖父有关。曾巩是否出生在这里呢？

出古城，经曾巩大道，过曾巩大桥，便可到曾巩文化园，曾巩文化园是新建的大型现代公园，园内建有曾巩纪念馆，介绍曾巩的一生以及功名成就。距离县城 10 多公里的洽湾镇渣坑村的盱江边，建有曾氏祠堂暨曾巩特祠，讲述南丰曾氏的文化源流和曾巩的功业，是南丰曾氏祭祖之处。我们到达时一场盛大的祭祖仪式刚刚结束，香炉里的香灰还冒着热气。

南丰之行虽短暂，但千年前的曾巩形象在我心中越来越清晰、越来越真实。那位清瘦精敏、眼含忧思、一辈子都对南丰挂念于心的老人，从历史的山峦之间向我走来。

二

关于曾巩先生，他最大的声名标签是"唐宋八大家"之一。

要知道，这是极大的声名，就是说唐宋 600 多年，散文写得最好的八人席位中有曾巩一席。

韩愈、柳宗元、欧阳修、苏洵、苏轼、苏辙、王安石、曾巩，八大家的名字读下来，"曾巩"二字的光亮与那 7 位比起来好像暗淡了一些，在现代人眼中曾巩的名气不大,存在感不足,流传不广。提到前几位,人们脱口而出他们的名篇警句,提到曾巩,想半天也想不出能替换他名字的名句来,八大家中曾巩似乎要被忽略了。

其实不是这样的。曾巩曾经很红很牛的。少年成名,中年日盛,后世尊奉,他曾走过了一条文学家梦寐以求的文学之路。当然,与之成功的文学之路并行的是他困顿的求学之路和不甚如意的为官漂泊。

他生前很红。曾巩12岁时试写《六论》,提笔而成,文辞颇有气魄。20多岁时他的文章惊艳了当时的文坛领袖欧阳修,欧阳修说他文章有不可掩饰的灼人光焰,赞扬曾巩是众鸟中的雄鹰,并收他为学生。欧阳修明确表示,他的学生上百人,他最喜欢曾巩。可见曾巩的文章魅力。曾巩中进士之前,虽偏居南丰,生活困顿,但他写的文章传播很远,人们"手抄口诵,唯恐不及",他是文坛上的当红才俊。后来进士及第,辗转各处为官以及到京城为修史官,他的文章越发儒雅俊洁,好友兼一代文章大家王安石称赞曾巩的文章"曾子文章众无有,水之江汉星之斗",意思是说曾巩的文章大家都写不出来,像长江一样博大,像北斗星一样耀眼。语虽夸张但推崇之心昭然。

他身后也很红,而且红了八九百年。有些作家人一死,名气和作品也随之而死,但曾巩是个例外,他死后更红,声望一日高于一日到达顶峰。这里面有三个原因:一是"唐宋八大家"之称呼是明代的文选家提出来的,形成了一个"八大家"选本的系统,曾巩的文章入选得比欧阳修、王安石、苏轼的还多,流传性很广;二是理学大师朱熹很推崇曾巩,称他为"千古醇儒",曾巩文章于是成为儒家理学的正宗典范,契合了当时时代,很多人参加科举考试多要读曾巩文章;三是关于曾巩是否会作诗的笔墨官司一直打了几百年，有一派比如曾巩的名学生秦观和陈师道都说曾巩不会作诗，但另有一派诗人、学者比如刘克庄、刘慎等却大加赞赏曾巩的诗，曾巩一直都是文章舆论的话题人物。

有了选本，契合了时代，处于话题中心，所以曾巩的走红完全符合现代传播学规则，他这一红便红了八九百年。

但是进入现代中国后，曾巩文章遭际了与之前完全相反的境况：很少入选全国通用课本教材——失去了普及传播的途径；与时代精神不太契合——醇儒之说已显陈旧。所以，千年文章大家曾巩在今天被冷落、被忽略了，偶尔有人提起曾巩，大家觉得很是陌生，被老师要求背诵唐宋八大家名字的学生总难说出曾巩的名字。

不过世间的事总是戏剧感十足。曾巩去世933年后的2016年，他老人家突然又火了起来，他唯一存世的墨迹《局事帖》，在拍卖行里拍出了2.07亿元的天价。很多人惊愕地问曾巩是谁，一封普通的信凭什么那么值钱？在好奇的追问之下，人们才发现，曾巩也非等闲之辈，早就是载入史册的、著名的唐宋八大家之一，于是兴致勃勃地去找他的文章来读。

这是大好事，因话题受关注进而亲近他的文以及与他有关的一切，曾巩意外地在千年之后为自己获取了关注度和知名度。不过这想起来颇有一丝反讽之意，本以文名天下的却靠了墨迹，就如同本以实力赢江湖的却靠了颜值。另外，《局事帖》2.07亿元贵吗？一点都不贵，这是千年遗珍，人间孤品。有人说用2亿多元买了中国1000年的历史和文明，其实是捡了一个便宜。尽然矣！曾巩的一封信价值2亿多元，我们惊愕，其实我们更该惊愕的，是曾巩价值连城的千年文章。

三

那么，抛开一切外在因素——时代、传播、话题等，回到文学本身，曾巩的文章究竟怎样呢？

我以为是很不错的，他的文章平实典雅、清爽刚健，千年文章，自成一家，继续传诸后世没什么问题。

曾巩文章不是一读就会惊艳得你从椅子上弹跳起来的那种，欧阳修初读曾巩文章时惊叹了，欧惊叹的是曾巩文章的"新"，完全脱离了当时盛行的"西昆体"雕琢、险怪、奇涩、空洞的文风，展露一种新文风的苗头：平实自然又有气势。

曾巩的文章不似锦簇的繁花而似岩溪边的菖蒲，有山野气息，有峻洁之美；不似呛人的新酒而似陈年的老茶，平顺自然，味正香远；不似湖面飘荡的浮萍而似出淤泥而不染的莲荷，深沉静息，雅致博厚。

曾巩的文章没有李白的仙气飘逸，没有杜甫的沉郁顿挫，没有陶渊明的通透澄明，没有苏轼的豪放洒脱，没有欧阳修的宽阔博雅，没有王安石的风姿绰约，但他有自己独有的一份朴实本真，典雅刚健。这是曾巩文章的真正价值。

由此而观之，在历代对曾巩文章各种各样的评价中，我喜欢《宋史》本传对他的评价，说他的文章"纡徐而不烦，简奥而不晦"，就是说他的文章张弛有度，深入浅出；我还喜欢清初编辑著名的《唐宋八大家文钞》的张伯行的评价，张说曾巩文章"峻而不庸，洁而不秽"，点出了曾巩文章有峻洁之气，清爽刚健。这两个评价，从外在做法到内在气势，全面揭示了曾巩文章的卓越之处。

所以，曾巩文章不是少年青年读者的"菜"，而是中年老年读者的"菜"，人生由绚烂的梦想和激情的奋斗过渡到平实沉稳的日常之后，我们才能体味到曾巩文章平实典雅、纡徐不烦的魅力。此时再读曾巩，我们会越读越懂越喜欢他。

举一例，比如他的散文《道山亭记》。曾巩在福州任过知州，前他好多任也在福州任过知州的程师孟在福州乌山上建了一座名为道山亭的亭子，曾巩应程师孟之请写《道山亭记》。《道山亭记》花大笔墨写闽地山高水长路难行，写福州府城内的三山，小河遍城，连通大海，景色很美，花小笔墨写了程师孟治理福州的功绩。

《道山亭记》写得很妙。一妙妙在以小说笔法写散文，写得实、细、活。"其途或逆坂如缘缅，或垂崖如一发，或侧径钩出于不测之溪上：皆石芒峭发，择然后可投步。负戴者虽其土人，犹侧足然后能进。"写道路的样子，用了两个比喻，如迎坡攀缘的粗绳和垂挂山崖的头发丝，写行走的样子，要小心下脚，即使本地人也要侧脚前行。句句写实，写得有现场感，是小说笔法。二妙妙在结构布局层次多变，由远及近，由近及远，由局促到开阔，移步换景，一路写来，文章有一股韵律感。三妙妙在"寓主意于客位"，本来是写道山亭，却大量写闽地、闽山、闽城，点墨来写亭、写程师孟的福州功业，即为"寓主于客"。另外，其实一想，曾巩为什么这么写？他赞颂程师孟其实也在暗中赞赏自己，因为他们两位都在福州这个僻远难行的地方任过职。

曾巩的很多文章都如《道山亭记》，写得实，不花哨，写得讲究，不烦琐晦涩，读起来如沐春风，是一种享受。

曾巩的诗得李白、杜甫、王安石、欧阳修之精粹，洒脱、自然、开

朗。读读他的《城南》："雨过横塘水满堤，乱山高下路东西。一番桃李花开尽，惟有青青草色齐。"这样的诗如果选入中小学教材，我想也会被称颂的。

曾巩文章的主调是平实、峻洁，其实他的人生哲学也是以平实、峻洁为主基调的。

他为官"实"，是实干派，从实际出发，到一地，整治社会治安、建设基础工程、发展文教，做事稳重精敏，一心为国为民。曾巩在京城做了10年修史官员，校勘、编定了多种史书，后来主动提出外调，辗转7州为官，广受民众尊敬。也正因为实，曾巩总是得不到重用，时常被政治中心排挤，有些不得志，辗转各个地方。

他为人也很"实"，对朋友真心实意真性情。曾巩的朋友圈很强大，他的老师是文坛宗师欧阳修，苏轼与他是同年进士，王安石与他是布衣至交，最要好的朋友。王安石位高于他，他对王安石的变法也提出真心的劝告，劝告王安石要求得社会舆论和各派政治势力的最大支持，要提升官员素质，但王安石有些固执，不曾听进去，后来变法失败。曾巩后来和王安石有些隔阂，晚年时彼此还是深情依旧。

最后不得不提到曾巩在南丰的一段艰难生活。

曾巩虽少年成名，但18岁参加科举考试落第，返回南丰后，父亲因被诬告而丢官，养家的重任落在曾巩瘦弱的肩上，上有90岁的祖母、60多岁的父亲，下有4个弟弟、9个妹妹，他要为全家口粮操心。后来父亲去世，自己贫病交加，在好心人的帮助下，曾巩带着弟弟妹妹在南丰城东耕种一点田地，勉强把日子过下去。曾家兄弟一边耕种一边苦读的日子长达10年。这期间，曾巩兄弟参加了两次科考，均双双落榜。从18岁到39岁考中进士，整整21年，曾巩经历了人生的至暗时刻。面对屡屡落榜的失意和接踵而至的磨难，曾巩没有消沉颓废，反而以一种坚韧退守的人生态度、平实奋进的为学之道，成就了一段"身在乡野，名闻天下"的传奇。

北宋元丰六年（1083）四月，曾巩病逝于江宁府（今江苏南京），终年65岁，后归葬故乡南丰源头崇觉寺右。世称曾巩为"南丰先生"。

回望几千年中国文坛，我感觉，有了曾巩不算多，但没有了曾巩，一定会少了什么。

在南丰见识曾巩和"傩舞"

✍ 王晋军

收获的九月,走进"红土地"江西南丰采风。下车伊始,亮开镜头,相由心生,境由心转。这里山清水秀,人杰地灵,是唐宋八大家之一曾巩故里。我来时,恰逢曾巩诞辰千年之际,故里百姓以各种形式纪念这位"曾子文章众无有,水之江汉星之斗"(王安石语)的北宋文学家、史学家、政治家。曾巩为临川才子的佼佼者,江右文宗的领军人物,声名之巨,如雷贯耳。曾巩文正,以文章位列唐宋八大家行列,赤子之心,为人正直,名士风采,为后世景仰,以至于千年之后,其手书的仅百余字的《局事帖》,竟拍出了2.07亿元的天价。他的成就虽不及韩、柳、欧、苏,但亦影响深远,《宋史》本传曰:"曾巩立言于欧阳修、王安石间,纡徐而不烦,简奥而不晦,卓然自成一家,可谓难矣。"

南丰围绕唱响"五个千年文化"品牌,在曾巩文化研究与挖掘方面取得丰硕成果。他们成立了江西省历史学会曾巩文化研究专业委员会,修缮了曾巩古墓、曾巩古祠、秋雨名家等文物古迹,出版发行了《曾巩文化丛书》，从曾巩的生平事迹、年谱、散文、诗歌、家族、仕历等方面，全方位展示曾巩整体形象，将曾巩文化、曾巩文脉和曾巩精神融入社会生活。将曾巩文化元素与生态旅游有机融合，投资2亿元着力打造了曾巩文化园、曾巩纪念馆等一批曾巩文化传承载体。其中，曾巩广场、曾氏大宗祠、曾氏名人雕塑园、秋雨名家、民俗文化村等文化活动场所成了网红打卡地，得到游客青睐。

曾巩文学成就突出，与欧阳修等人一起，为宋代古文运动做出杰出贡献，其文"古雅、平正、冲和"，是中国传统文化的一个标志性人物，也是江西文化名人的杰出代表。曾巩的诗文中，对家乡有大量描写和歌颂，他的诗文中多次提及家乡南源、石仙岩等地，这次我都去一一虔诚瞻仰。曾巩还创办了抚州第一家书院——兴鲁书院，并亲自定学规、任教席，推动抚州学风，培育优秀人才。我在南丰古城内徜徉，仍随处可见曾氏家族印迹，纪念曾巩的"文定巷"穿插其间。城内还坐落着曾氏祠堂，这栋位于南丰古城上水关以北约30米处的祠堂，大门向东，建筑坐北朝南，前院两进天井三进厅堂，占地500多平方米。门楣牌匾上的"秋雨名家"字样，无声地诉说着这栋建筑过往的荣耀与辉煌。

曾巩生前与身后，都不曾以诗见称，但他一生作诗不少，有些诗中还抒发了不见于其文的思想和情感。"斗食尺衣皆北输""胡骑日肥妖气粗"，这是对北宋朝廷刮民髓、资盗粮苟安政策的生动概括与嘲讽。剥夺百姓衣食，养肥入侵军马，这是十分令人痛心的事啊！曾巩循循儒者，于此也不能不慨乎言之。曾巩还有《追租》一诗，其中云："赤日万里灼""禾黍死硗确""饥羸乞分寸，斯须死笞缚""公卿饱天禄""每肆诛求虐"。这是在描述天旱民饥，而官方不恤，曾巩在此为民请命，

流露出真切怜悯民众、"忧天下之忧"的文人情感。

来到南丰的次日上午,主人安排宾客去到一处风景秀丽的地方,拱形石柱门上镌刻"国礼园"三个隶书大字,放眼望去,后面是连绵不绝的橘园。天下贡橘在南丰。"橘"祥如意,后有风骨,"苏世独立,横而不流"。蜜橘钟情这片山河土地,奉献了味蕾上妙不可言的甘美绵甜。金灿灿的吉祥果实有着顽强的生命力,世代相望,生生不息。春去秋来,橘都百姓把橘树种遍南丰田园山间、绿野平原,直到中华人民共和国成立后,这小小金橘被当作国礼馈赠送出,驰名中外的"中国蜜橘之乡"真乃名不虚传。

正是在此地,"国礼园"门前广场,我见识了遗落在南丰民间的信仰密码、神秘古老的千载非遗——南丰傩舞。在中国传统文化中,傩是历史悠久的、一种具有宗教性和艺术性的社会文化现象。南丰傩舞有"中国古代舞蹈活化石"之称。因其表演形式只有肢体动作,又被称为"哑傩",伴奏也是最原始的鼓和锣。"戴上面具是神,摘下面具是人。"南丰的傩舞老艺人告诉我,南丰傩舞很接地气,百村有,千人跳,有成百上千的面具,许多村庄都有整套傩仪,傩舞跳起来动作夸张、神秘古朴、粗犷浑厚。

老艺人还说:宋代是南丰傩的发展时期,宋室乐艺伎和流散艺人带来京都的文化艺术,使南丰傩戏趋于成熟;明、清两代,南丰傩进一步完善;清后期,受戏曲影响,"乡傩"进一步娱乐化,编演了许多新的傩舞节目;中华人民共和国成立时,南丰已有傩班上百个,散布于各个乡镇之间;现今,南丰有傩班108个,傩舞艺人1500余人,位居江西全省之首,不仅保留有古老的傩祭仪式和江西现存最早的上甘村明代傩神庙，还留存了 120 多个傩舞节目和 120 多种 2000 多枚傩面具。傩面具非遗文化传承人张宜祥介绍说：这种技艺传男不传女；雕刻傩面具需要选材、构思成型、雕刻、打磨、上漆五道工序，立体形雕刻过程中最难把握的是刻出面具形象的神韵及喜怒哀乐等情绪；在雕刻选材方面，也非常讲究，必须用秋天的香樟木，而不能用春天的。传承人张宜祥年近 70 岁，从事傩面具雕刻长达 40 多年，先后带出 20 多个徒弟却没收过一分钱学费。

一场精彩的傩舞表演真让我大饱眼福。

仪式舞是"驱傩"时跳的舞蹈，舞者奔腾跳跃，舞姿激烈诡黠，气氛神秘威严。娱乐舞节目众多，内容来自神话传说、民间故事、古典小说和世俗生活。由于流传年代和师承关系不同，表演风格各异，既有以写意为主、动作舒展、舞姿优雅、古傩韵味犹存的"文傩"流派，也有以写实为主、动作强烈、节奏鲜明、融合武术技巧的"武傩"流派。班队多以自然村落为单位，艺人均为终日在田野里劳作两手沾满泥巴的农民。这些舞者鼓点踩得很准，动作空灵怪异，一看就知道是悠久古老文化的弘扬传承。祈祷农业丰收是傩祭的另一个重要目的。南丰傩神西川灌口二郎，原由农神兼水神的李冰父子衍化而来。而傩神庙中又都塑有土地神像，特别是上甘村傩庙的土地神比真人还要高大威武，衣袍腹前画有"白兔衔桃枝"图案。兔能多产，桃可避邪，这种象征符号表达了乡民对谷物丰收和人丁繁衍的衷心祈祷。

今日得见，甚是庆幸。卜辞中有"寇"字，是在室内以殳（古兵器）击鬼之形。甲骨文中有关"舞"字的记载中有"魌"字，是一人头戴假面具的形象，说明商代以前就有戴面具驱鬼逐疫的傩祭舞蹈。以后

《论语》《吕氏春秋》《周礼》都有记载。《后汉书·礼仪志》中有关傩仪的记叙较详细。汉代张衡的《东京赋》中描写了傩仪傩舞的情形。自汉至唐，傩舞都为驱疫鬼的一种祭祀性舞蹈。宋代后，傩舞增加了娱人成分，并逐渐向戏剧化方向发展。傩的生命张扬，主要体现在傩祭仪式中借助神灵的威力，驱除自然灾害如旱、涝、火、虫等和人身灾害如瘟疫、疾病等。在南丰，仪式舞主要有石邮等地的"驱疫舞"和上甘等地的"搜除舞"。娱乐舞则有近百个传统节目，风格迥异，内容丰富，抓人眼球，扣人心弦。

进入新时代，为弘扬民族文化，南丰傩舞得以迅速发展，傩仪也得到充分保护。《傩公傩婆》《刘海戏蟾》《小尼姑下山》《金刚》《财神》《魁星点斗》等传统剧目精彩诠释"中国古代舞蹈活化石"的丰富内涵，南丰被国家命名为"傩舞之乡"，当之无愧。经过数千年的白云苍狗，时代变迁，此地此傩延续着未曾被完全起底破解的神秘，虽经现代社会浸染，依然朴拙如故，承载着南丰老百姓的朴素心愿、美好追求，不时登上散布于南丰田间地头的傩舞戏台，更加鲜活妍媚地跳荡起来。

文化因传承而厚重、因交流而多彩。见识曾巩和傩舞——南丰价值连城的一"文"一"舞"，对于我来说，这是一场穿越千年的文化盛宴，这是一次美轮美奂的文化享受，这更是在畅饮中华文化自信的脉脉源泉活水。

盱江流蓝

✍ 张华北

秋分时节的南丰，秋意渐浓。晨光里，小城也褪去了初秋的炎热，凉爽清新。源头来自广昌血木岭山林里的盱江，遵循河流均是蜿曲前行的定式，在这座古琴城边眷顾地几个优雅弯转，江水如仙子浣洗的一束长长青纱，轻柔地飘动，伴着水声的舒缓和悠扬。盱江是要流到抚河注入赣江最终汇进鄱阳湖的，迢迢千里沿途多少弯折无须一一数清。

此时的江水是蓝的，蓝中透着绿，蓝里泛着沉静和雍容。此时，天宇的蓝要淡些薄些，是浅浅的蔚蓝，山麓以上又是浅蓝加上了乳白。天与水试图衔接融汇却不能，中间已被山峦的绿阻隔开来。

盱江流过城东，江水映照出一座曾定文公祠堂。墙外一对石狮面水而立，瞩目远眺。正门厅一副楹联概括了曾巩家族的名望："秋雨名家德传万代，南丰先生文惠九州。"祠堂，历史上作为家族传承优良品德的重要场所，将祭祀、议事、教化等家族事宜在此进行。宋代的曾氏族人，在这渣坑村建祠奉祖。其族规、族训承先启后，指导着后人，"勤

职业、崇节俭、禁邪巫、明正学，行之有诚、修身为本"，每句虽简约，却无不渗透着先辈为人的品性。祠前临水洗衣台，层层台阶跌次而下，10余个木桩高高低低护岸，水边有一女子低头洗衣正忙。一侧石墙下石板路在河畔延伸，江水幽蓝澄碧，漫过浅滩，冲开一处沙洲沿岸边流去。

当年，在琴城，小曾巩应坐在临江石阶上读书不息，晨光在他脸上挂一层辉光。对岸的山岩下，有他和弟曾晔、曾牟的读书岩。几年的苦读，那里留下了他们清朗的读书声，池水留下他们洗笔的墨香。

祠右广场两侧，有古屋各一栋，西为曾氏故园渣坑馆，东为渣坑村史馆。石基砖墙，徽式高檐，馆内聚汇了渣坑和曾氏千年的故事。广场边，一座廊亭、一口古井隐在花丛中，居高望水，别样风光。两屋间的一座戏台应是村民听戏之地。古时临晚，各家屋顶炊烟散尽，戏台上会挂起风灯，男女老幼坐在高低不一的板凳上，汉子们站立着或抱着膀子或抽着烟围在后面。锣鼓声里，傩戏开场。村头一株古樟，树皮裂如豹纹，两主枝一枝内已空，枝叶仍葱茏。树高10余米，如巨伞蓬蓬展开。树干上寄生草一丛丛，旧草已枯如斑驳褴褛衣襟，新草枝枝挺秀，在这千年的枝干上萌生出生机。

千年前的一天，阳光也是如此温煦，天空也是这般蔚蓝，曾巩和胞弟曾布、曾牟，堂弟曾阜骑在高头大马上在乡邻簇拥下走过古街，走进村口，江水在歌吟，微风里茂林修竹向新科进士频频摇曳。已近不惑之年的曾巩并不年老，数年的躬耕苦读让惨白的头发爬满鬓角。

盱江宛转流过西城，古城小街，有树倾斜树枝搭上对面屋顶，房屋多已贴上征收的封条，古街的改造已在期盼中。一些徽式结构的旧宅院在静谧中等待。有青砖垒墙房屋高大挺立，屋顶扣瓦宽檐，窄小的天井里，光线足以将室内照亮。堂屋高阔，柱木结实地支撑着屋顶。墙上留有烟火熏过的苍老黑灰色、暗褐色。在一处青砖墙石券门上方，条石上刻有"半春园"，一个老妇走来，讲述小巷的历史。这院原来是儿童启蒙的私塾，想必是儿童若春天的初始，由这里走向人生的春夏，"半春"的立意甚好。老人已80多岁，头发惨白，她见证小巷近百年的变迁。两侧墙壁高耸，走在狭窄的巷子中，人自感矮小。"谦豫书舍"的石框门吸引了我们，由窄门望进去，内里的穿堂屋后，还有宽大的一排住房。一处临街的墙壁白灰已剥落，露出的红石块已风化成无棱角的石块，艰难地撑起房屋。一圆拱石门雕刻有花饰，透露出当初主人的显赫，屋中的家具已陈旧不堪。"揭述天祠"，中有两字已漫漶不辨，十余条线缆遮掩了半石。古城中，昔日曾氏的"曾密公旧宅""秋雨堂"又向何处寻觅？

盱江依山而流，大片沙洲又将江面逼窄。竹林沿河边镶成一条绿带。石垒的西门上杂草藤蔓丛生，出西门，凉亭处闲坐的老人说，盱江水大时，曾淹至半门，古西街水漫至小腿。曾巩大桥横江而过，水流匆匆，桥下沙洲占去半江河床。水窄处水流湍急，七八人在水中畅游，有老人奋力游过激流处。两名年轻女子着泳衣，在岸边石崖上扬臂伸展腰肢，随后下水游过。阳光在激流处打出一道亮光，水流清幽，下游沙洲弯转成几个弧形。石崖深入水中，岩石被凿成阶梯，可否是古之琴台？激水在此处转出几个漩涡。当年，明代旅行家徐霞客矢志不渝，以脚步丈量大好河山。进南丰，见"盱江自西南抵西门，绕南门而北转，经东门而北下，想与潆上之水会于城北之下流也。西门外濒溪岸，则石突溪

崖，凿道其间，架佛阁于上。濒江带城，甚可眺望"，今景色依然。霞客先生可知，在他之前600年，曾巩应在江边码头登上一只木船，船夫将竹篙头插进石上的石窝，撑开船头，驶向远方。此一去，曾巩走进了官场，走进了州府，足迹在中国东南部的大地上画出了一个椭圆。曾巩秉承祖辈的品行，廉洁勤政，关心民瘼，得民众拥戴。其政绩留在每一处离任土地上人们的心坎上。"曾子文章众无有，水之江汉星之斗"，他的雄奇清淡、博雅厚重的诗文传诵在世间。多少年后，他被列入唐宋八大家，与他崇敬的欧阳修、王安石、苏轼等为伍，也应是当之无愧了。

望盱江静如一条蓝色绸带。古城墙低矮，城上荒草葳蕤掩蔽了古旧的墙砖垒石，墙内侧一条小路沿墙延伸，一段段墙头已盖上了民房。一处菜地上，有老人在挖地，丝架上硕大的瓜已老，那是留种用的。穿过已准备拆迁的屋门，即是盱江岸上的农民菜地。空心菜、白菜一畦畦，红薯的长藤纠缠在一起，新整的菜畦里，已钻出了嫩芽。豇豆苗已将长须绕上了斜插的竹竿，甘蔗扬着灰白的长叶。女人蹲在菜畦里拔着野草，老农赤脚走进自家浅水池，将两只焊有长柄喷头的水桶扎进水中，水满后一手抓住一桶走上来，在菜畦间小沟里边走边上下晃动水桶，喷头的水均匀地把菜畦洒得湿漉。一水池上木棍竹竿搭成的挂架，七八个冬瓜悬在架下，每个已有10余斤。老农人说这是第三茬瓜了，第一茬摘了30斤重的瓜。一条水管伸向水池，清流欢畅，水来自盱江，滋润着这河边肥沃的土地。那条盱江，沙滩铺向河心，细沙上踩满孩童脚印，一条踩出的小路通向河边，青草茵茵，临水摇摇。一棵大树被葎草藤爬满半树，几个丝瓜也悬在横枝。

曾巩最为艰难的那些年，父亲去世，家道败落，28岁的他担起了一家生计的重担，南源耕田下种，担水浇园。曾巩婚后，无书房，借邻家后院荒地，盖起斗室南轩书房，白日耕种，夜晚苦读。盱江对岸，曾巩文化园的阁楼在林中突兀而出，在他诞辰千年之际，如他地下有知，也是无比欣慰了。

凤祥山在潭湖东南的远处长卧，山峰突起一角，如伸开双翅的凤凰。潭湖，一汪水泽将周边山峦一一倒映在其中。水静波微，迎着阳光，每一褶皱突起闪烁出银屑。波浪起伏，看似重复却每次各异。船行处近水澄绿，向远渐渐深蓝。临水山脚的树木枝条几乎垂探进水，临水处露出一线黄土水岸。此时看水又是凝脂在涌动。水色如此，山亦多彩，近山翠绿，及远绿暗，更远则涂上幽蓝。树丛已掺进了黄叶，毕竟秋色渐浓。处处小山如龟生绿毛，或绿龙戏水。船回转间，黑白花蝴蝶随船飞舞，潭水向里伸延一段小湾，倒伏的枯树浮在水上，把那水湾隔成禁区，唯有一只小白鹭静立在水边。如在空中看潭湖，则是一片巨大的芭蕉叶，叶边被调皮的仙童撕成千奇百怪的碎绺。

盱江环顾的水南村，已被橘林围绕，房舍在橘林中露出高低错落的棕红屋脊。橘园里，橘树夹道，人只有依翠而行，清馨扑鼻，绿叶投影。唐代诗人李绅早有"江城雾敛轻霜早，园橘千株欲变金"的诗句赞蜜橘，此时的橘树，绿叶中蜜橘累累，有黄有绿，半黄半绿，或上部抹黄，黄中有诱人的油亮。

水南村之橘，栽培历史最为悠久，如今小叶红橘、小叶广橘、南丰蜜广等已成佳品。南丰蜜橘，古之贡品，毛泽东主席曾将其作为国礼赠斯大林，得"橘中之王"赞誉。离收获尚早，纤细枝条上坠满青橘，树枝不堪重负俯身触地。橘树皮灰白，上刻满精细竖纹。或直干上有三五

分枝，分枝略向外仰，或扭曲转体再外伸在林间。对面的山浑圆，盱江如一道弯弧的碧玉，平缓、静美。曾经的盱江也有发怒时，浑浊的大水淹没橘林，而今安宁下来。林间水塘倒映着橘树，绿沉绿浮，绿在水上水下轻摇。美人蕉黄花犹在，为橘园做了一处点缀。

在观必上乐园居高临下看橘是另一番景象，观必上之名来自地名官陂上，一改则成：看美景必由此上山。阳光由山顶斜照而下，将坡上坡下大片橘林染出亮色，山坳里橘林则被山影温馨笼罩。多年前，一场罕见冰冻，全县蜜橘几近全军覆灭，唯有此地安然无恙，人说是军峰山之威吓退了灾星。沿栈道拾级而上，下望车么湖水清如镜，湖边小山如仙人深入水中之履。夕阳辉光下，水面出奇地宁静。登顶在览胜台环顾：北看，水边半岛如大鲵晾背，远山已山岚朦胧；西望，军峰山峰顶右侧被阳光烧成不可直视的光焰，投下光带如数把利剑直刺湖水，水面银光熠熠，细辨军峰山脊，如上望天穹的将军，胸腹高隆，卧在苍翠的山床；向南，蜜橘树遮盖了大部分山地，想必深秋之时，定是"离离朱实绿丛中，似火烧山处处红"。太阳渐渐越过山脊滑下，军峰山轮廓顿时愈加明晰，曼陀山突兀，扁担峰窄长，山间树木则愈加灰暗。徐霞客曾登军峰山，留下"军峰耸翠乃南丰八景之最"的千古之赞。瞬息间银面的湖水也细腻起来，水中有岛，岛亦有名，但在我看来小若一叶扁舟，大若一条巨鲸、一只长颈神龟。此地古时小河欢畅，水车咿呀，石磨旋转磨面不息，溪水由此汇流盱江，如今一条大坝成就了一个美水的世界。

夜的琴城，彩灯齐放，盱江里是无数七色的灯影，还有那数不尽的点点繁星，一起闪烁出天上人间的奇彩。走在盱江畔，或能依稀听得千年前曾巩在水岸的吟诵:"云乱水光浮紫翠,天含山气入青红。""盱江郭东门,江水湛虚碧。东南望群峰,连延倚天壁。长林相蔽亏,苍翠浮日夕。"或又听有《牡丹亭》里杜丽娘在唱"朝飞暮卷,云霞翠轩,雨丝风片,烟波画船……",那婉转、徐缓的昆曲唱词顺水悠悠而来,又悠悠远去。

"千年"名片里的南丰

✍ 刘克邦

千年,是令人肃然而生敬畏的字眼。它代表了时光的绵长与厚重,也勒刻着沉甸甸的沧桑与不朽。

九月,金风飘来瓜果的缕缕清香,将我与其他来自天南地北的文友迷醉在旖旎的南丰。

尤其是,"千字号"的名片——"千岁贡品""千载非遗""千古才子""千秋古窑""千年古邑"接踵而至,如山间波光灼亮、汩汩而淌的清泉,一阵阵叩击我的心弦。

我止住脚步,躬下身来,掬一捧在口,心脾清爽而心旌摇曳……

一

一帘烟雨,万亩平畴。南丰之美,在一植一木间,在自然孕育的生灵万物间。一种水果,能成为朝廷贡品,已殊为难得;若是千年如斯,从未断绝,成为千岁贡品,则更是世间所稀了。

平日里,我喜欢吃"南橘",却从未考究其产地,更不知它还顶着"千岁贡品"的桂冠。到了南丰,才知"南橘"就是南丰蜜橘。

儿子3岁时,邻居送来些金黄小南橘。他吃了两个,太好吃了,舍不得再吃,余下的几个视为珍宝,搁在茶几上。刚好我出差回来,口渴难耐,不管来由,全把它吃了。儿子回头不见了"珍宝",伤心地大哭起来。动了他的"奶酪",得赶快弥补上。跑下楼去,从街头到巷尾,寻遍了所有店铺,哪里有南橘的影子。沮丧之下,只好买几个本地橘子交差。儿子见此橘非彼橘,嘬着嘴,眼泪唰唰下来了。掠了儿子的爱物,我后悔莫及,好长时间都心里不安。

那时候,南丰蜜橘已根植于我的内心。我不时地想,南丰,该是一片何等神奇的土地,能产出如此美味的橘子。

也许,是冥冥中的一种安排,时隔数十年,我竟然踏上了南丰的土地,方知南橘"身价"不菲,且来头不小。

就那么从容地铺开近20万公顷的天光云影,南丰真实地展露在我的面前。原来,南丰种植蜜橘已有1700多年的历史,唐朝开元年间南丰蜜橘便已成为皇室贡品。自此之后,历代皇宫的贡品中少不了南橘的身影。

水南村,位于南丰城郊,是一个有故事的地方。中华人民共和国成立之初,毛泽东主席去苏联给斯大林祝寿,见面礼之一就是水南蜜橘。斯大林品尝后,连称好吃,誉其为"橘中之王"。1951年11月15日,水南村蜜橘丰收,刚获得解放的村民为了感谢共产党、感谢毛主席,将1000斤蜜橘和一封感谢信送往区人民政府。这封信不久被刊登在《江西日报》头版,成为轰动一时、家喻户晓的佳话。

为了礼赞，也为了纪念，南丰人称这片橘园为"国礼园"。

踏着细碎而温蔼的阳光，迎着裹挟橘香的秋风，我们走进了这个园子。

国礼园中心，有一座文化广场。广场面积不大，但玲珑别致、美观大方，水池、护栏、花草、牌匾簇拥，石碑、雕塑、图腾柱、文化墙点缀，橘林、门楼、游道、观景台陪衬，生态与艺术辉映，天然与人文融合，组成一幅典雅、绚丽的画图，称它"豪华自然生态舞台"最为贴切，水南村的重大庆典活动都在这里举行。

广场中央，有一座铜质群雕，述说着一个远古神话：很久以前，在一棵橘树下，神婆一边品着橘子一边向守树的后生传授种橘秘术——"两截接起生"。憨厚的后生毕恭毕敬，仰首聆听神婆的明示。打那以后，南丰人就掌握了橘树的嫁接技术，使得香甜可口的蜜橘历经千年，永不变异。人物形象逼真，故事生动感人，寓意深刻而隽永，彰显了苍穹大地对百姓的眷顾与关照，也颂扬了南丰人的勤劳与智慧。

漫步橘林小径，仿若置身人间仙境。蜜橘飘香，葱蔚洇润，幽静的橘园散发着迷人的光亮。那是时光的金色碎片在历史的深洞里无限延伸、拉长……

头顶上，冷不丁一个青黄待熟、嫣然含笑的橘子敲击脑门时，方才如梦初醒，从浮想联翩中回到现实。望着满眼密匝匝、水淋淋、圆嘟嘟的小橘果，禁不住心动手痒起来，凑上前去，嗅嗅沁人心脾的橘香，轻轻抚摸这些可爱的"小精灵"，聆听大地的胎音，感受大自然的恩惠……

东道主告诉我，全县像这样的乡村橘园比比皆是，漫山遍野，房前屋后，都摇曳着橘树婀娜多姿的身影，年复一年源源不断地向人们馈送满树的蜜橘。全县32万人，有20万人种植蜜橘，5万人营销蜜橘；280万亩土地，种橘70万亩，年产橘26亿斤，产值120亿元。南丰蜜橘不仅畅销全国，还远销40多个国家和地区，出口量居全国首位。南丰不光产销蜜橘，还以蜜橘为资源，加工制作蜜饯、橘糕、橘子饼干、橘子汁和橘花茶，开辟赏橘、摘橘和橘园民宿的观光旅游业，将橘子效益发挥到了极致，为南丰人带来了丰厚的财富，也带来了美好的梦想。

"老祖宗的奠基""老天爷的恩赐""老百姓的汗水"。在古朴、清幽的国礼文化馆，我看到了以此为题的三块展板。一个"老"字，土得掉渣，但实道、亲切、别出心裁、饱含深情。毋庸置疑，它们是对南丰蜜橘最好的诠释和礼赞！

千年已远，青山愈老，而南丰蜜橘关照众生的一颗悲悯之心却未曾老去，反而熠熠生辉，福泽绵长，甜了南丰的百姓，也迷倒万千钟情于它的橘迷们。

二

南丰，不只是一味地云淡风轻，它更有着难以为外人所知的永恒的孤独感。正是这份孤独，让它卓尔不群，让它丰饶多姿，让它拥有了属于自己的精神疆域和生命哲学。傩舞，是生命之舞，是力量之舞，是人民之舞，是南丰又一张亮丽的名片，是国家级非物质文化遗产，被誉为"中国古代舞蹈活化石"。

傩舞源于民间，传于民间，更滋养着民间。这是一种自由奔放、充满艺术灵感的地域性民族舞蹈。人们用最初的原始、懵懂的认知、生死

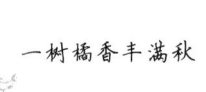

的波折来表现人生中的情感和欲望追求。

据说在南丰,从汉代起就有傩舞,沿袭至今已有2000多年的历史,经久不衰。全县有傩舞班子100多个,会跳傩舞的数千人。逢年过节或喜庆的日子,各乡各村没有不跳傩舞的,人们用自己发明的舞蹈来驱鬼逐疫,"以靖妖氛",崇拜自然与神灵,表现自己的酸甜苦辣、喜怒哀乐。千年的星移斗转,物是人非,傩舞经过一代代南丰人传承,保持了自我的风骨与独特的魅力,也被赋予了鲜活与旺盛的生命力。南丰傩舞剧目丰富,服饰、面具花样百出,表演的故事也精彩纷呈,中央电视台还曾来这里拍过专题片呢!

想想就觉得,来到南丰不看看傩舞,也是会留下说不出的遗憾。还是要到现场去看看,才能留下珍贵的记忆。

看的是傩舞经典节目《傩公傩婆》。只见两位表演者均头裹白布头巾,面戴白色面具,手系绿色袖套,身着红底白花长褂,装扮成傩公傩婆。他们踏着鼓点悠然出场:傩公在前,银须飘逸,步履矫健,气宇轩昂;傩婆随后,慈眉善目,温婉若水,亦步亦趋。两人配合默契,似跳似舞,亦庄亦谐,时而急骤,时而舒缓,时而欢快,时而凝重,神秘而诡黠,端严而风趣,赢得观众一阵又一阵掌声、叫好声和赞叹声。

我看不懂这段傩舞的具体情节,但从他们肢体语言中揣度,里面有波折、有苦难、有体贴、有恩爱、有生死、有繁衍,还有美满与幸福,一定是一段男耕女织、祈愿求福的远古佳话。

晚上,我们走出宾馆散步,来到文化广场。广场一角的灯影下,四五十人聚集在一起,有男有女,女的占多数,大都四五十岁年纪,个别年长与年轻的夹杂其中,看样子应该都是附近的居民。他们头戴傩舞面具，或拿扇子，或持拐杖，在一位教练带领下，摇头晃脑，手舞足蹈，原来他们都在学练傩舞。他们虽然熟练程度不一，动作也不甚齐整，但都聚精会神，超然物外，全身心投入。在他们的心目中，好像除了傩舞，这个世界什么都不存在似的。

我们湘西也有傩舞，但是会跳的人寥寥无几，大都只在祭祀现场和文艺表演舞台上呈现，是民间法师和专职演员的"专利"，像眼前如此众多群众喜爱和参与，我还是第一次见到。

广场中央，几辆货车停在那儿，十几个戴着安全帽、身穿工作服的人在紧张忙碌着，有卸车的，有搬货的，有扯线的，有搭架子的……一座临时搭建的大舞台已初步成型，支撑舞台的钢管支架像蜘蛛网一样不断向空中延伸，一块巨大的电子屏正在起吊，一大堆装运音响、灯具的大铁箱码在一边。看架势，场面不小！

经打听才知，再过几天，"中国舞蹈家协会·南丰面具舞蹈文化周"开幕式和联欢会将在这里举行，有来自非洲、南美洲、东亚和中国云南、甘肃、吉林等20多支国内外表演队参加，南丰傩舞将作为主打节目登台演出。遗憾的是，我们的采风活动届时已经结束，无缘观看到这场盛大、精彩的傩舞表演。

我知道，举办这样一场大型活动很不容易，花费的人力、财力、物力都相当大。我不得不佩服南丰人的眼光与智慧。他们不仅珍爱和痴迷傩舞，悉心保护和传承千年非遗，还煞费苦心、不遗余力地加强与其他地区特色文化的合作与交流，在推广和宣传南丰傩舞的同时，不断丰富千年非遗的内涵，提升本土传统文化的品质。

南丰的秋夜，是凉爽的，也是火热的。我们徜徉在南丰的夜色中，

早已被璀璨的千年非遗感染和陶醉!

在"傩舞之乡",傩舞真的是人民的舞蹈,名不虚传!

三

苍穹淡远,群山如赋。一个地域有丰富的物产、独特的人文,必然能孕育出优秀的人才。人才是一个地域最为持久、影响最为深远的辉煌名片,震古烁今,永不消逝。

也许,理解了它的人文传承,才能真正读懂一个地域的精神史。来到南丰,方知这里是唐宋八大家之一曾巩的故乡。我顿时恭肃起来,这是南丰最有分量、最有人文蕴藉的名片,无论时光怎么流转,文学长廊里始终伫立着这个彪炳史册的南丰人。

东道主送给我们的礼物,暗示了这个地方的人看待世界的角度。一见面,每个人就得到一套装帧精美、文本厚实、散发着油墨清香的《曾巩文化丛书》。我如获至宝,顾不上一路舟车劳顿,一头扎进丛书中,沉浸于曾巩文化的斑斓中,放飞思绪,穿越时空,隔世与这位千年才子来一次心灵对话……

说来凑巧,曾巩的童年、少年和青年,与我的身世有着惊人的相似,都遭遇了太多的不幸。他自小由继母带大,父亲遭陷害被罢黜官职,生活陷入极度贫困;我自幼丧母,父亲在时代洪流中被打成了"右派",成为社会的"弃儿"。他身居陋室,躬耕垄亩,寒窗苦读,39岁如愿以偿,科举考试金榜题名;我家境窘迫,缺衣少食,边干活边自学,20世纪70年代末参加高考,跳出了"农门"。他步入仕途,体察民情,关心民生,勤于政事,刚正不阿,深受百姓的拥护和爱戴;我参加工作，知恩图报，兢兢业业，做了一些应该做的事情，也算是于心无愧了。

与曾巩相比，我所经历的一切算不得什么，他遭遇的困苦与磨难、付出的艰辛与努力要多我10倍、上百倍。我无意与曾巩相提并论，更不敢不知天高地厚地张扬与炫耀自己，我是崇拜和敬仰曾巩的刻苦、坚忍和顽强，借此文字在情感上拉近与千古才子的距离，抒发我对生活艰难、读书辛苦和获取成功不易的切身体会，学习和追随他的奋斗精神和忘我境界。

我掩卷沉思，难以入眠，移步窗前，看万家灯火如星光闪烁，将整个琴城照得通亮。以千年才子曾巩之字命名的子固大道，灯火辉煌，流光溢彩，像一条永不知疲倦的火龙，逸兴遄飞，摇头摆尾，自东而西穿城而过，延续着白天的繁华与壮丽。千年古邑，今非昔比。先古们遗传下来的璀璨文化，在新的时代已被赋予了新的气象、新的含义和新的使命。

倏忽间，我恍惚看到，一个高大的身影在冉冉上升……

第二天，我们起了个大早，坐车来到曾巩纪念馆，有幸参加了南丰县举行的纪念曾巩诞辰1000周年祭祀典礼。

许是秉承南丰先生生前的风尚与节操，纪念典礼没有华丽的装潢与粉饰，也没有热闹的声乐与歌舞，人头攒动间，一条横幅，两块展板，四对大花篮，简约而庄重，肃谨而热烈，依然烘托出活动现场的隆重与喜庆。

在主持人与嘉宾简短而深情的致辞后，来自全国各地的学者、作家、曾氏族人和本地的民众虔诚地向曾巩塑像三鞠躬，由衷表达对这位

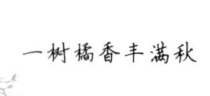

千年醇儒的敬仰与怀念之情。

我们步入曾巩纪念馆，聆听讲解员的讲解，浏览一幅幅图片与文字，感叹曾巩的文学才华，更被他的立身素养和亲民情怀深深折服。

曾巩入仕前，就挑起了家庭的重担，以身作则带领弟弟妹妹辛劳耕作，刻苦攻读，终于曾门同榜六位进士，一时轰动朝野。他天资聪颖，记忆力超群，幼年就能脱口吟诵，12岁即能作文。他文采过人，文风"古雅，平正，冲和"，位列唐宋八大家行列，元丰六年（1083）四月卒于江宁府（今江苏南京），被追谥为"文定"。

曾巩一生清正廉明，关心民众疾苦，深受百姓的爱戴和拥护。他任越州通判时，停征助役，开仓赈灾，帮助百姓平稳度过了荒年；他调任齐州知州，惩恶除霸，法办周高，剿灭霸王社，确保了一方平安；他当政襄州，明察秋毫，改判张、李两姓械斗大案，洗清众人之不白之冤；他任职洪州知州，采购药材，制作和发放药方，有效地控制了鼠疫蔓延，同时还未雨绸缪，妥善安置朝廷过路大军，使黎民百姓免受骚扰；他转任福州知州，发现州府有大片菜地与民争利，使菜农经营艰难，即令改作他用……

其政绩不胜枚举，真是位难得的好官！

在一处陈列柜前，讲解员指着一幅书法作品的图片告诉我们，曾巩学识渊博，才华出众，但传世的墨宝不多，唯有这幅《局事帖》留存下来，堪称旷世珍品。2016年，在一次拍卖会上，这幅仅124个字的曾巩书法作品以2.07亿元成交。一个字就值160多万元，相当于一辆豪华级奔驰，令人咋舌。说"一字千金"，那是太"贬低"它了。当然，此帖收藏上千年，年长时久是它的价值所在，但更重要的是附着其上曾公的才情、神韵和魅力。

"百代贤师昭日月，千载醇儒誉古今"，曾巩纪念馆大门上的对联尤为醒目，是后世对这位千年才子恰如其分的评价；大厅里，曾巩雕像在书案前凛然而立，面容凝重，目光如炬，似乎挥笔疾书之前思考着什么，为国？为政？为民？应该皆有之吧！

南丰之行，我算读懂了千年才子这张名片。曾巩的文章，虽然没有唐宋八大家中其他七位雄浑、大气、浪漫和潇洒，但质朴、淡雅、纯正和刚直，读起来更有亲切感，更富亲和力，更能拨亮读者迷蒙的心灯。尤为令人起敬的是，他文如其人，言行一致，心忧天下，情系百姓，呕心沥血，殚精竭虑，丝毫不比其他七大家逊色。

我站在高处，眺望远方，军峰山巍巍，盱江水悠悠，它们无怨无悔，矗立或匍匐于大地，在阳光的照耀下，格外壮观、明亮和妩媚，闪烁着一座千年古县的文化底蕴和时代繁华！

这山，这水，不染尘俗，悄无声息，却勾起了人们久违的乡愁。这是历史的力量，这是时间的力量。这一路上，我听见千载而下的风雨如晦、阳光如神，听见鸟雀们在岁月里叽叽喳喳，叩问着此生何寄，用它们空茫的羽翼书写着这方山水隐秘的文化密码，又何尝不是千古才子精神与风骨的写照？

半春南丰

✍ 郭宗忠

去南丰前，查找了半天地图。

南丰远在天边，却不期近在了眼前。

接我们的司机，年轻、阳光，像南丰吹来的风。一路从南昌到南丰将近 3 小时的车程，并没有感到枯燥。

南丰山灵水秀，地广富庶。一路上，在年轻司机的娓娓道来里，感受着南丰人民安居乐业以及对幸福生活的美好向往。

司机老家在农村，有十来亩蜜橘园，收入颇丰，加上南丰适宜的气候与富足的水资源，家里养了四五亩水塘的甲鱼，仅甲鱼，一年收入就达二三十万元。家里在南丰买了楼房，他也在城里有了工作，父母平时照看橘园和养殖场，闲了也到城里来居住，日子过得红红火火。

像他们家一样，南丰农村很多家庭都是这样的模式，亦农亦工，城里买了房子，孩子们到城市里读书，有了好的读书与生存环境。

经济富足，对教育的重视，培养出了一批批的人才。

军峰山下的小城南丰进入了我们的视野中，一座清新明媚的小城，在九月的阳光里格外亲切。

我们早到的三四人，放下行李，简单用餐后，就打车直奔南丰古城。

一座城市的文化，应该从它的古城里寻找到根和脉，以及它的文化发展走向。

走入古城的街巷，有一种走入了历史的感觉。

来自沧州的作家张华北以及九江的凌翼，对这座古城建筑群表达出震撼的感触，手机、相机不停地交错拍摄，生怕遗漏下了一栋建筑。

在一座小院里，遇到了一位年逾八旬、耳聪目明、颇为健谈的老人，她为我们讲述道，南丰是江西省古城保存最完整、古城肌理最清晰的明清古城之一，她指点着告诉我们，古城西南角，依然有三里地长的明清古城墙，古城里还有唐代的寺庙、宋代的壕沟、元代的里坊、明代的城墙、清代的民宅、民国的商铺……身材瘦小的老人身上深厚的文化基因，承载着的是一座古城千年来留存下来的赣闽文化传承和渗透。

从古城简介里我们看到，古城现在共有161处文物保护单位、200余栋明清古建筑，保存了自唐代以来各朝各代的历史文化信息。我们在一座座老式建筑里穿越历史，雕梁画栋，木刻石刻，砖雕壁画，牌匾题字，无不吸引着我们感受古人那丰厚的内心，他们的审美、意趣与心境都在这古建的一招一式里生动演绎。

我们一路走着，一路惊喜，为能有早到的半个下午的时光而沾沾自喜。从喧嚣里走出，置身于静谧的画卷一样的古代风物里，你也会感同身受，一种文化的魅力，可以让人卸除世俗的尘埃而清净与悠闲。

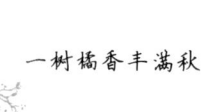

一座古城，它有怎样的记忆？南丰古城独自在那里，依然是建城之初的形态，人们的清闲与自在、人们日出而作日入而息的生活规律和传统，好像几千年来没有被打扰和中断，也没有因为信息、高铁时代而被淹没。相反，在夕阳里，我们走在南城墙内外的庄稼地里，古城的住户，依然肩挑水桶，浇灌空心菜、小油菜、辣椒、韭菜等翠绿新鲜的蔬菜。

庄子曾说，有机械者必有机事，有机事者必有机心。有了机心，心便不再素朴。这些居民，守着池塘，如果用个小抽水机抽水浇地，应该比肩挑容易得多，但是，他们怡然自得，每个人脸上洋溢的幸福与自然是天生的。

我们与一个正在刨地的老表聊了起来。老表赤着脚，在土地上，赤脚与泥土亲近，是最幸福的事了。他点上自己的旱烟，往烟袋锅里按上一撮烟丝，一口一嘬，如此娴熟悠然。

此刻，下午四五点钟的阳光有着一种迷离，晚秋九月的白云一丝丝漫卷着，远处的古城、老屋、寺庙以及塔影，都在菜地边的水塘里倒悬着，池塘里的芦花，偶尔飞过的小鸟，让古典的诗意有了灵动。

他停下手中的活，与我们坐在他的地垄边上，仿佛这块地和劳动与他无关，坐下了，就放下了一切，有着随遇而安，有着自然而然的心境。一切不是逆来顺受，而是与天地浑然一体，逍遥于万物之间而从心所欲。如今，两三个月没有下雨，但是，他不怨不叹，先用水泼在干硬的地上，等地湿润了，暄软了，他再去刨地。

我们遇到的几个老表都是这样简单，没有纷争，一脸的干净、素朴，你问长问短，他们不厌其烦地边干边回答你所问，而且不耽误手里的活计，那些青葱的蔬菜，好像比着看谁长得水灵一样，而这种水灵，正是老表们心灵里的泉水的清澈。

一方水土养育一方人，一方人又养育了一方水土。这是互补互生的自然哲学。他们的达观与率真，让每一个人，每一个院落，每一条胡同与街巷，每一块砖石与每一株花草树木，都如此契合地在这座古城里相得益彰，彰显着天人合一的自然法则。

在古城遇到一个八旬的老者，他精神矍铄，扛着劳作之后的农具，健步如飞，黝黑的脸庞是阳光的健美。问老者做什么工作，老者不卑不亢答道："我是做修理地球工作的！"老者话语里，身心里，没有一点虚伪，也没有一点自卑，一辈子只有自立自强自信自爱，还有自美自在。这种生活状态，不正是我们生活要达到的最终目标吗？

事实上，即使看着当年的城墙只留下了断垣残壁，但高悬其上的老屋，既是住处，又是防御的瞭望塔和烽火台，几千年来，它们自成体系，相互关照。这座古城能够千年不衰，既是城墙的坚固，更在于民心的精诚团结，一心御敌，这才让这座千年古城历经多少战乱与时代交替而没有被毁灭。

古城西门巍然屹立，西门外的盱江深切河道达五六米之深，也成了御敌的天然屏障。

在西门盱江深达近米的河水中，有长者六七人、童子五六人正洗浴在河中，那种畅快淋漓，那种与天光水影交融的场景，让我想起当年子路、曾皙、冉有、公西华侍坐的情景，待都回答完毕自己的理想抱负，曾皙［或称曾点，是宗圣曾子的父亲，字子皙，春秋末年鲁国南武城（今山东平邑）人，孔子早期弟子，笃信孔子学说］鼓瑟希，铿尔，舍

瑟而作，对曰："异乎三子者之撰。"曰："莫春者，春服既成，冠者五六人，童子六七人，浴乎沂，风乎舞雩，咏而归。"

夫子喟然叹曰："吾与点也。"

不管夫子高足们有怎样的治理国家的雄心与抱负，在孔子看来，最美好的生活，就是世间的和平与祥和。

正因为如此，赵宋王朝才有了"半部《论语》治天下"的治国理念。

南丰也是唐宋八大家之一曾巩的故乡。作为从鲁国迁徙而来的曾氏的先祖们，一路也在传承着儒家学说。

在曾氏祠堂里，三省堂高高在上，这是个有着儒学根底的家族。

曾氏家族从唐末开始在南丰这个富足的地方扎根，一代代繁衍，儒学与文学并进，到曾巩这一代，可以说到了鼎盛时期。仁宗嘉祐二年（1057），曾巩携弟辈以及妹夫一门六人同时进士及第。

曾巩官至中书舍人，以文学成就成了唐宋八大家之一。

我们在南丰正赶上了纪念曾巩诞辰一千年祭祀盛典。这是对曾巩的追念，也是当地对文化的重视。

在橘园里举行了采风活动开幕式后，南丰傩舞一亮相，就让我们跟随着舞者进入这古老的艺术氛围里。

傩舞被称为"中国古代舞蹈的活化石"。傩，即戴面具驱鬼逐疫，是原始狩猎、图腾崇拜、部落战争和原始宗教祭祀的产物，是古代人与神灵的对话方式，后来成为人们表达美好愿望、自娱自乐的民间艺术形式。

傩舞来源于生活与祈福，来源于劳动与庆祝，在一个晚间的广场上人们傩舞活动之后，我与江西日报的同人一起与傩舞编导坐在了夜市里，一杯新鲜的蜜橘汁，一段傩舞的历史与未来，夜风也有了丝丝妩媚。

李导说，他外婆家就在石邮傩文化古村，小时候就是在那里耳濡目染了傩舞，才让他如此钟情于傩舞。

那时候，傩舞从进入腊月开演，直到年后正月十六收戏，有钟馗、开山、关公、大鬼、小鬼、傩公、傩婆、二郎、萧山、雷公、纸钱、傩王、财神、周仓、许仙、白蛇、青蛇、魁星、老太婆等几十种形象，而如今，李导他们又将新的元素注入傩舞，让原本小众的舞蹈，进入人们的娱乐生活，这种延续与发展，正是文化发展的必然。

傩舞被创作的过程是舞者给予其艺术生命的过程。舞毕，傩舞也即结束了它的使命。而真正的延续，是观者接受傩舞之后的艺术再现。它上升到了观者的灵魂之上，那一招一式，那音乐的节奏、舞者的形象，在观者的心里存活了下来，并会传播发扬光大。

在接下来的采风活动中，我们感受着南丰文化的深厚，除了它是唐宋八大家之一曾巩的故乡、"傩舞之乡"傩都外，南丰有"蜜橘之乡""橘都"之称，境内保存的琴城明清古街、琴城明清古城墙、宋元白舍窑遗址、石邮傩文化古村、洽湾船形古镇等古迹，军峰山国家森林公园、潭湖风景区、付坊温泉、太和康都会议纪念馆等风景名胜，都给我们留下了深刻的印象。

南丰的历史与文化深厚，南丰的未来更是不可预期，其文化传承与经济发展都展现出无比美好的前景。

在参观古城时，我看到了一个明清时的私塾，名叫"半春园"，别

有深意。半春，是走在春天的路上，学习需要不断走在春天的路上，永不满足；暮春达到的国家的祥和也是最美好的境地，也是半春一样走在路上，让人们不忘初心方得始终……

我突然想起了清代诗人蔡云的诗句：百花生日是良辰，未到花期一半春。红紫万千披锦绣，尚劳点缀贺花神。

南丰也是这样，正是花才蓓蕾，期待未来的南丰红紫万千贺花神。

感念江西

✎ 姚正安

9月上旬，接到中国散文学会的通知，9月下旬将组织一批散文作家到江西南丰采风，征求我的意见，可否同行。我几乎是不假思索地给予了肯定的回答。

我向往江西，原打算退休后出游的第一站就是江西，但一直未能成行。

江西，在我心中整整萦绕了56年。

我7岁那年的2月，大姐瞒着爸妈，与其男友去了一个叫江西的地方。

母亲于3月1日生下弟弟，整个月子里，妈妈念念不已的是大姐，絮絮叨叨的是江西。

村里的一些老人常来安慰妈妈，不要急，月子里急不得，村子里有十多个青壮年都去了江西。江西那地方，地广人稀，盛产木材，缺少劳力砍木头，他们是去拉大锯砍木头的，管吃管住，还有工钱。

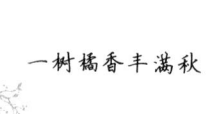

三年自然灾害及其后，村子里有不少人流落他乡，其中部分人去了江西。

妈妈哪里放得下心，一满月，就背着弟弟去了江西。

江西在哪里，有多远，妈妈是如何去的，一个孩童是不会考虑那么多的，只知道，妈妈月余才回来，说了些什么，已经记不清了。但我记得大姐确实去了江西。

显然，在我幼小的心灵里，江西连接着大姐。

一年后，大姐与男友回家成婚，再也没去过江西。

在去江西的那拨人里，有我的邻居，是兄弟俩，算起来，还是我的同族祖父辈。老大视力不好，有点文化，老二身材高大，臂力过人。据母亲说，弟兄俩身世艰难，很小就没了爹妈，老大带着老二过日子。

多年后，老大用兄弟俩拉大锯之积蓄，为老二娶了媳妇。

兄弟俩仍然在江西，老二的妻子留在老家。老家有了炊烟，一年后，老二媳妇生了一个儿子。老大对人说可以向地下的父母交代了。

可谁也想不到，这样一个苦心经营起来的小家庭，竟然遭遇了灭顶之灾。老二在一次山顶作业中，不小心，脚下一滑，从山上滚下来，导致颈椎骨折。急送上海诊治，穷其所有，借贷不少。老大感叹，如果不是江西老表们出力出钱，热心帮助，可能渡不了那道难关。

老二治愈后，脖子一直梗着，不能屈伸，只能在家中种点责任田。

老大还是在江西，继续着伐木生活，挣钱还债，资助老二养儿育女。

这样一年又一年，老大错过了婚期，一直单身。不过，他很豁达，说一个人挺好，打起背包就走，无牵无累。

老大每年都回来一两次。我家与他家前后挨着。等到他从壮年到老年，我也是青年了。我称他林德公。每次回来，我都要缠着他，听他讲外面的世界。他讲得最多的自然是江西，江西的山山水水，历史风情。

第一次听说滕王阁与王勃，就是林德公讲的。他讲滕王阁的由来，讲滕王阁如何有名，讲王勃如何才高八斗，小小年纪，众目睽睽下，传世美文一挥而就；讲江西如何人才济济，唐宋八大家，江西独得三席；讲景德镇的瓷器如何的洁白如玉、经久耐用。记忆中林德公曾送我一只白色的小茶杯，几经搬迁，不知下落何处。他讲得神采飞扬，激动无比，仿佛把自家宝贝一件件地搬出来给人看那般自豪。

林德公向我展示了一个多彩多姿、神奇非常的江西。于江西，我是神往的。

1980年，我正上师范，林德公邮给我一本书，书名叫《宋文选》。那是一个缺书的年代，我又是那样地渴望读书，那本书对于我不啻珠宝。我从那本书里读到范仲淹的《岳阳楼记》，"先天下之忧而忧，后天下之乐而乐"，铭记在心；读到了欧阳修的《醉翁亭记》，20多年后的深冬我出差滁州，冒雪拜谒醉翁亭；读到了王安石、曾巩和苏轼的文章，曾巩的《墨池记》，直到现在，我还能背诵下来，因此懂得为学必勤。遗憾的是《宋文选》本是上、下册，定价1元，林德公只寄给了我上册，是林德公疏忽了，还是囊中羞涩，我不得而知。有一年暑假，林德公甚至向我父母提出带我到江西玩一阵子，但父亲没有吭声。还有一年单位派我到井冈山干部学院培训，票都买好了，后因单位临时有突击性任务不得不请假，没有去成。

说来也怪，我去过福建、浙江、安徽，一次次与江西擦肩而过。

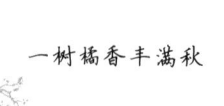

林德公已经80岁开外，于10年前回家养老。每次我回老家一遇见他，他说得最多的还是江西，说江西物产丰饶，说江西人情醇厚，临了，总不忘问我："有没有去过江西？"我总是十分愧疚地以实相告。他每每以惋惜的口气对我说："江西值得走走。"有一次，他非常激动而神秘地告诉我，我们高邮的先贤秦少游曾经做过曾巩的学生。查找史料，史料中并无确切的记载，但我想，这也不会是空穴来风。曾巩、王安石、苏轼都是欧阳修的学生，秦少游是苏轼的门生，而且，曾巩长秦少游30岁，秦少游尊称曾巩为老师，也是顺理成章的。

接到通知的若干天里，我的心情激动成怎样，真是难以诉诸文字。我从网上搜索江西、抚州、南丰的资料。

江西南丰，是抚州辖下的一个县，是唐宋八大家之一曾巩的家乡。2019年是曾巩诞辰1000周年。抚州市人民政府策划了一系列纪念活动，作家采风只是活动之一。

9月22日，我从镇江南乘动车前往南昌南车站。四个半小时的路程，没有看书，没有瞌睡，看着窗外唰唰退去的山河，想象着林德公为我勾画的江西，激动之情难抑。

一出车站，便看到两位靓妹拉着"欢迎"的红色条幅，心里顿感温暖万分。

又驱车3个多小时，到达曾巩的故乡南丰县。县里的领导早早等候在宾馆门前，为我们搬行李，忙登记，一如家人，旅途疲倦一扫而尽。

难怪林德公作为一个异乡人，能够在江西生活了50多年，年至耄耋还念念不忘。

工作人员递给我一只沉甸甸的提袋。到了房间，打开一看，为之大惊。那是一套共 8 本书，印制特别精美，细看是《曾巩文化丛书》，封面底端，印着三行小字：从曾巩的诗、文、传记、家庭、年谱、生平事迹、仕历等方面着手研究，力图全方位展示曾巩的整体形象。

这是南丰人送我的一份见面礼。

当日，虽奔波千里，但毫无睡意，拜读《曾南丰先生评传》至深夜。我不得不惭愧地承认，自己对曾南丰先生的了解太肤浅、太片面了。我不得不由衷地佩服，南丰人在曾巩文化的挖掘与研究上用情至诚、用功至深。

采风活动安排得紧凑而丰富，从南丰到抚州，景点无数。其山水之美，林木之秀，自不待言。给我印象最深、受益最多的还是文化。南丰的曾巩祠、曾巩文化园、曾巩纪念馆，抚州的王安石纪念馆、名人文化园、汤显祖文化艺术中心、汤显祖戏剧节。墨香漫四野，文气泗山林。山水与人文交融，美轮美奂。

尤其出乎我意料的是，在南丰我看到了傩舞表演。

对于傩，我是思之良久的。

《论语·乡党》记载："乡人饮酒，杖者出，斯出矣。乡人傩，朝服而立于阼阶。"这一章是记孔子居乡之事。大意是说，孔子与乡里人饮酒，拄杖的老人退出后，自己才退出去。乡里迎神驱鬼时，孔子穿着朝服站在东面的台阶上。朱熹对后一句作注说：傩虽古礼而近于戏，亦必朝服而临之者，无所不用其虔敬也。

那么，"虽古礼而近于戏"的傩，到底是怎样一种活动？久思而不得其解。在南丰，在国礼园（南丰蜜橘博物馆，因南丰蜜橘曾作为国礼由毛泽东主席赠送给斯大林，而得名国礼园）举行的采风活动启动仪式

上，南丰人的傩舞表演，让我耳目一新。那一天，他们表演了两支舞，一支是《傩公傩婆》，一支是《盘古开天地》。前一支是傩公傩婆得子而喜，后一支是一个远古神话。舞者戴着面具，配以锣鼓，舞而不言，其大意通过舞者的一招一式表达，观者了然。朱子所谓傩"近于戏"，并非揣测。这一古礼或习俗，在大部分地区已经失传，南丰保存下来了，并且不断发展，娱乐生活，教化民众。

南丰的一位文化干部向我介绍，南丰的傩舞始于汉代，最早是驱鬼逐疫，经过千年改革创新，已经演变为一种民俗舞蹈，被列入国家非物质文化遗产，被学界称为"中国古代舞蹈的活化石"，有专门人员和专门的培训机构，一脉相传，千年不衰，每年春节期间，傩舞表演很受大众欢迎。

南丰被誉为"千年傩乡"，名不虚传。

此次江西之行，可谓来去匆匆，在江西只待了一天半。24日下午，朋友驱车，由江西而安徽而江苏，一路穿山越岭，乘兴而去，满载而归。于我，这是一次还愿之旅、探亲之旅，也是一次感恩之旅。乡贤秦观受教于南丰先生而致"长于议论，文丽而思深"。在经济最困难的时候，是江西老表接纳了我的村人，而使他们免遭冻馁之苦，怎能不感之念之。

我回味至深的，还是南丰县委书记在采风活动启动仪式上所说的一番话。他说："曾巩先生是南丰的，也是中国的、世界的。我们研究宣传曾巩先生，不是为了招徕游客，更重要的是要将曾巩先生的学风文风传承下来，将曾巩先生胸怀天下勤政为民的品格传承下来，建设一个学风浓、文风盛、世风正、人民富的新南丰。"

这对研究名人、宣传名人，是一个很好的启示。

诚如林德公所说，江西值得走走。

车过江西，我转过身，脱口而出：江西，谢谢您！

江西，我还会再来的！

从这山到那山

✍ 綦国瑞

去江西抚州南丰,是参加曾巩千年诞辰纪念活动的。1019年,北宋政治家、文学家、史学家曾巩诞生于此地。

如果不是这样一个机缘来到了这里,你就不会知道这里是世界橘都,你就不会知道这是一片被绿色的橘树覆盖的红土地,你更不会知道,1949年,毛泽东主席出访苏联,将南丰蜜橘作为国礼赠送给斯大林,斯大林品尝后,情不自禁地说,这种中国的橘子真好吃,可称为"橘中之王"。

送给斯大林的橘子是从当时的水南村挑选的。这个村从唐朝开元年间就开始栽种蜜橘,这里的蜜橘以"圆润秀小,色泽金黄,皮薄多汁,酸甜适口,少核无渣,清香独特"而闻名,是历朝的贡品。如今这里建成了国礼园。为了举行一个庄严的仪式,我们来到了这里。

秋分之日,军峰山下,盱江之畔的南丰既有夏的余韵又有秋的高爽。天蓝得透明,没有一丝云,也没有一丝风。温暖的阳光照射在国礼园无边的橘林上。阳光与橘树交融，让你感受到一派奇丽明艳的田园风光。当此之时，橘子正是将熟未熟之时，叶子是绿的，个儿圆圆，大小如水蜜丸的橘子也是绿色的。阳光照在上面，叶子闪亮发光，像是抹了一层油，翠绿翠绿的。果子也像是抹了一层油，发出翠绿闪亮的光。定睛看去，一棵树就是一块绿色的巨大翡翠。放眼望去，国礼园就是一片油汪汪的翡翠的湖泊。这满眼的翠绿与滔滔江水相融，一方大地都成了翠绿闪光的地方。

绿是生命的颜色，绿是希望的颜色，绿是怡情提神的颜色。沿着橘园的小路，徜徉在这翠绿闪亮的地方，听着流水哗哗，闻着清幽幽的果香，只觉得那绿流进了心里，心中似有绿波荡漾，感觉无比滋润舒畅，无比兴奋和快乐，这是在城里不可能找到的感觉啊。

从国礼园出来，我们乘车行进在南丰的大地上，从南到北，再从东到西穿行着，只见每一座山梁、每一片山坡、每一块土地、每一个村庄甚至每一户人家的房前屋后都茂盛着一棵棵的橘树，据说全县共栽种了70万亩橘树，年产橘子26亿斤，这无数的橘树牵手相望，让人心旷神怡，让人心气倍增。前不久去了一趟欧洲，那无处不绿、寸土不露的生态环境，真是让我感慨万端。现在，在南丰我看到了在欧洲看到的无处不绿的景象，真是让我兴奋不已。

没想到在观必上乐园里见到的情景，把我的兴奋之情又推向了一个高峰。

观必上乐园，其实是一片优质橘林的美称。它背倚高高的军峰山，怀拥水波荡漾的车么岭水库。20世纪90年代初，南丰遭遇了一次罕见的冻灾，全县不少橘树都冻死了，而这里因有海拔1700多米的军峰山

遮挡，橘树都保留了下来，此后在果农们的精心培育下，这里成为全县最大、最好的橘树林。看吧，一片片两头尖尖中间椭圆的绿色橘叶，簇着、拥着、挤着、争着繁茂成一棵树，无数棵绿色的橘树，勾着肩、搭着背、拉着手，密密地遮盖了观必上乐园的每一寸土地。它们依着山坡起伏，沿着河岸奔涌，顺着山涧流淌，一直铺展到县城的那一座座楼房。那么厚实的城市，在这片橘树之海的气势下，不过是像一座不起眼的堤坝。这让我这个来自海边的人想起了大海，大海的一朵浪花连着一朵浪花，一层波涛撵着又一层波涛，汹涌澎湃，势不可挡。现在，站在观必上乐园的山顶上，向远处眺望，那一棵棵橘树就是一朵朵浪花，那漫山遍野的橘树，绿浪翻涌，汪洋无边，不就是一片无比壮阔、势不可挡的橘海吗？

南丰的同志告诉我说，你来得不是时候，如果是春天来就好了，那时70万亩橘花同时开放，那小小的、黄黄的橘花排开70万亩的阵仗，花香充盈在全县的每一个角落，全城家家户户的每个人，无论是走在街上还是躺在床上，都会闻到淡淡的、甜甜的清香，数日不去。如果再过一个月来也行，那时满山满野的蜜橘都熟了，绿色的海就会变成令人振奋的金色的海洋，处处都飘荡着橘子又爽又甜的香气，完全消解了你所有的倦怠与疲惫。再一口一个地品尝金橘，无核无渣，果汁饱满，像是做了神仙。

他是身在福中不知福了，我笑着回答他，只要有了这绿树绿山绿水，什么时候来，都是好时节。你看：春日踏青，橘花飘香，沁人心脾；夏日游湖，绿波闪闪，凉风习习；秋日采橘，金果满枝，蜜橘可人；冬日观傩，千年乡傩，古朴神奇。

真的，生在这里的人，就是掉进了福囤子，绿的树，绿的山，绿的水，组成了绿的海洋，环境优美，空气清新，空气中丰富的负氧离子，让你神定气闲，长寿健康，真可谓不是神仙胜似神仙了。

坐在车上，那一簇簇掩映在橘树中的楼房十分抢眼。一般都是三层或四层的楼房，屋顶多为红瓦，发着耀眼的光亮。也有的是黑瓦，但你会发现片片黑瓦也发出清幽明亮的光泽。墙壁多刷为白色，墙边和窗边都用红砖砌成，这些红砖线在墙壁上勾勒出各种几何图形，让每座房屋都美丽成一幅画、吟唱出一首诗。这又让我想起了欧洲绿色原野上那些美丽如画的村庄，这里完全可以与其媲美。

导游小宫告诉我，因为家家种橘，所以户户发财，有了钱第一件事是盖楼。绿树中的一幢幢楼房就是一个村庄，过去的旧村早就片瓦无存。一般的农户盖的都是三层楼房，一层做仓库，短期存放收获的蜜橘，等待合适的时机出售，二楼、三楼住人。为了孩子有个好的学习环境，大多数人家在城里买了楼房。我很奇怪他们怎么会有那么多的钱，就好奇地问她钱是哪里来的。她认真地给我算了一笔账："一亩地33棵橘树，一棵年产橘子300斤，一亩地就是1万斤，按最低价计算，1斤2元，一亩地毛收入就是2万元。我家种了18亩，一年毛收入就是30多万元。你算算，有这些收入，在老家盖房，到城里买房，还是问题吗？"我又问她："你在城里有房吗？"她自豪地说："当然有了，平时我和孩子都是住在城里的。"我又开玩笑说："你是大富户了。"她认真地说："绝不是，我们这里大部分农户是这样的，我们的幸福指数确实是很高的。我们这里农村的人几乎没有外出打工的。"

听着她后边这句话，我忽然想起了县领导说的一段话："建设社会

主义新农村,关键是要留住人。要留下人,必须有生产性,有收入。只种粮食,付出多、收入少,不如外出打工,只能荒了地,离家进城去打工了,所以出现那么多空壳村。在我们县不但没有空壳村,而且村村房新、路宽、环境好、人气旺,都符合新农村的标准。为什么这样?就是因为我们农村有生产性。我们全县32万人,有20万人从事与橘子相关的产业。单是采摘橘子这一项,采摘1斤橘子的人工费是1元,全县26亿斤橘子的采摘费就是26亿元,这些钱都装进了农民的腰包。我们这里还有房前屋后种橘的习惯。1户平均10棵,因树在身边,管理好,品种好,产量高,1户都能收入2万元左右。有活干,有钱挣,就没人出去打工了。他们把挣到的钱盖新房、买家具,有了消费性,新农村建设就是水到渠成的事了。"

自从有了"绿水青山就是金山银山"的设计,我这个生长在农村的孩子就希望那些荒山秃岭变成绿水青山,变成金山银山,但怎么从"这山"走向"那山",总是有些朦胧,这位县领导从实践中总结的理论和导游生动的例证,让我真正地看到绿水青山就是金山银山的伟大实践,让我真实地看到了常憧憬之、心向往之的"两座山",绿色、富足、繁荣、康乐的南丰为我们展开一幅美丽清晰的图画,显示了一条明朗可达的途径。

那天夜晚,我在南丰的街上走了走,主要街道上都亮起了霓虹灯,五颜六色,因有无数的小灯亮在路旁的橘树上,绿又成了主色调。路上车来车往,不急不堵,人来人往,笑语盈盈。人行道上铺的是五彩大理石,灯光下显得非常明亮。这让我想起国礼园里的翠绿和明亮,夜晚的南丰城同白日的国礼园一样,南丰真是一个翠绿明亮的地方。

南丰是抚州的一部分,汤显祖的"临川四梦"就是在抚州诞生的。也许是因为我走进过这个有梦有戏的地方,当回到黄海之滨烟台的那个晚上,我做了一个梦,我的面前耸立起两座山,一座绿幽幽的青山,一座金灿灿的金山,我兴冲冲地从这座山走向了那座山。让中国大地上到处都是绿水青山,到处都成为金山银山,这是我憧憬的农村梦。

橘生南丰

周闻道

从来没有像今天这样，这么仔细观察一株橘，南丰蜜橘。

感觉这样的状态是如此惬意。阳光艳而不烈，气温柔柔的，秋风正吹黄杏叶和一片片橘林。这样的天气需要留住，留住就留住了踏实。特别是此刻，在抚州南丰盱江畔的万顷橘园。

当然，留住天气只是形式，留住美好才是实质。这样的天气很多地方都有，以橘为魂的美好却是天下难觅的。盱江拖着一带清流从身边缓缓流过，流出一路的抒情。万顷橘园以一种苍茫之势，把天地连为一体，一垄垄浓绿的橘树上星星点点。正由青涩转黄红的蜜橘，很容易让人想起星星点灯的传说。没有风，万物静好，空气中淡淡的泥和橘香味儿是这方水土自带的，它会一下把人带入一种陶潜式的田园。我相信，留住了这样的天，就留住了世间最丰盛的秋色，留住了由橘魂加赐的美。

我对那株橘树的仔细观察，就是在此时开始的。美好的秋色是一种诱惑，更主要的还是由于主人反反复复地推荐，还有推荐中流溢出来的那种无与伦比的由衷自豪。我想，一种橘，能够如此深重地影响一方人的生活方式、思想情感、价值观乃至整个精神世界，一定有它非同寻常的内在原因。

最先接触到的南丰蜜橘，是图片上的。

到南丰去之前，习惯性地在网上查了一下相关资料。突然发现一个鲜明特点，几乎所有介绍，都离不开两宝：一个是蜜橘，一个是曾巩。曾巩我当然知道，他与眉山"三苏"（苏洵、苏轼、苏辙）同为"唐宋散文八大家"成员。心中油然生敬，涌现一种莫名的亲切，"三苏"的朋友当然也是我的朋友。

对蜜橘，我则既熟悉又陌生。

熟悉缘于家乡也有，从小就接触和了解。记忆中常常把它与乡亲们称的"狗屎柑"联在一起。这种"狗屎柑"是山野原生的，没有经过人工嫁接改造，几乎没有食用价值。我小时候在家乡的白虎山放牛割草就经常遇见。调皮时，我还摘下几颗带到学校，哄同桌的小胖说很甜很甜，待小胖一口咬下去，酸得直打噤，我便哈哈直乐。"狗屎柑"的特点是个儿小、皮厚、籽多、味酸，因此，在后来推进水果品种改革中，大都被淘汰了，被新引进或培植的温州蜜橘、日本不知火、四川爱媛、春见等品种所代替。

陌生缘于久违，记忆也并不那么美好。钩沉记忆的，正是几张南丰蜜橘照片。感官是直觉的，很容易先入为主，把理性置于一边。镜像顿然与记忆中的丑陋对接，可以直视的那皮、那貌，与无法直视的籽和味，也一下被导入了一个惯性的思维定式。没有好奇、欣赏和崇礼，而

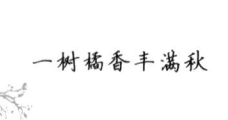

是生疑，甚至有点不屑。正是在这种将信将疑中，我来到了南丰。

没想到，橘子和曾巩，南丰两宝，我竟在一天之内拜见。纪念曾巩诞辰 1000 周年祭拜盛典结束后，便是我们的采风启动仪式。前者选择在曾巩文化园举行，后者则在观必上乐园。显然，这样的选择都是经过精心考虑的。眼前是一片橘海，开阔的地势稍有些凸凹，但起伏不大，更显出一种结构的美。往橘园一层楼高的观察台一站，远山近树便一览无余。时在仲秋，橘园与季节都在同一个频道。葱郁盎然的橘林，没有层林尽染，开始泛黄的果子并不特别显眼，更显蓬蓬勃勃。

要更真实地了解南丰蜜橘，最好是走近，就像了解一个人。由于有了曾巩的亲切和童年的记忆，我对一株南丰橘树的走近自然而从容，不像走近一个陌生人那样难免显得别扭。

据说，橘树越老果子的味越好。比如南丰，最美味的果子，便产自橘王园那株 150 年树龄的橘王。凭经验判断，园里的橘树树龄有五六年，正值挂果旺盛期。树高大约 3 米，树冠心球状，蓬蓬松松，一看就是经过精心培育的。培育的过程我也大致清楚，前些年参加市里组织的扶贫工作现场会，就听过介绍，每一个环节都十分重要，不得有任何马虎和闪失。

比如：砧木，要根旺结实，可以保证为橘树提供足够的养分；嫁接上去的芽苞，必须是优良橘树，它决定未来结出果子的品质；嫁接的时间最好是春季或秋季，叫春接或秋接。春接在开春后的农历二三月进行，大地复苏，地气涌动，神奇的魔力可以催发万物生长。秋接则以农历八九月为宜，就是我们这次到来的季节。嫁接成功后，便是定期修枝、剪叶、施肥、除害，保持橘树健康成长。像眼前这些树，都是理想结果。

当然，最终要看所结出的果子。可以说，直到现在，我对南丰蜜橘仍然心中无数。毕竟，曾经的"狗屎柑"在我脑子里留下的印象太深。有意问一位橘园随行，随行很是诧异，从上到下打量了我两遍，仿佛在打量一位天外来客，然后，轻描淡写却非常笃信地回答我："南丰蜜橘哩，你一万个放心。"

也许是为了彻底打消我的顾虑，或彰显自己的自信，随行说罢，顺手从树上摘下一个蜜橘，青涩，皮皱巴巴的，很不受看，与记忆中的"狗屎柑"没啥区别，显然是个还未成熟的果子。刚到南丰时，主人就说过，还要一个月，蜜橘才会成熟。本来就怕酸的我，一看心里就直打鼓。随行却不以为然，边递给我边解释："不怕不怕，尝尝看，很甜哩。"

我仍然将信将疑，但盛情难却，已不便推托了，只好硬着头皮，小心翼翼地接过。先放到鼻前闻了闻，一股浓浓的橘香扑鼻而来，再挨近嘴边，用舌轻轻接触，点点淡淡微酸，完全在我的接受范围，更多是甜，纯粹的清甜。我这才放心地整块入口，细细咀嚼，慢慢品味。感官和心性的触角全部被调动了起来。我非常清楚，这不是一次一般的吃，而是求证，要改变一个人几十年来的印象是一件难事，何况那令人望梅而不止渴的青涩。

可是，不能不说我折服了。就在我还在用心咀嚼、品味的时候，不知不觉中，那橘已经没有了。我至今回想起来仍不能确认，是因为我的太过专注，不小心把那橘吞了下去，还是那橘经不住我的咀嚼，在口中化了。我终于理解了一些典籍上关于南丰蜜橘风味特点的记载，诸如皮

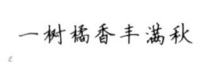

薄肉嫩、食不存渣、风味浓甜、芳香扑鼻等。

在场是最真实的存在，记忆被彻底颠覆。一切关于南丰蜜橘的传说在此刻得到验证。我不得不承认"南丰蜜橘甲天下"之说，并非王婆卖瓜式的自美之词，而是有其独特的品质根基。验证了的传说，会长出翅膀，随思绪飞翔。这一飞，就飞到唐宋甚至春秋战国。

贡品文化是中国特有的文化遗产，它集物质文化和非物质文化于一体。能为贡者，必当名、特、优也。因此，皇室贡品多为全国各地或品优质特的稀缺珍物，或享有盛誉、寓意祥瑞的极品精华。无疑，贡品是品质最好的验证。

不再是传说，在南丰，我看到传说背后的原型。当看见《禹贡》上记载4000多年前南丰一带所产蜜橘就已名列宫廷贡品之列时，我感到的不是惊奇，而是亲切；当我在唐皇室的贡册和《新唐书》上看到"抚州土贡朱橘"字样，也不再觉得突兀，而是自豪；当我读到玄宗、贵妃共品南丰蜜橘时的甜蜜，更理解了《长恨歌》中"春宵苦短日高起，从此君王不早朝"背后更多的原因。此时，再看一看眼前的蜜橘，心里是甜甜的。

外行看热闹，内行看门道。好吃与口感只是浅表的感觉。汉时阳光唐时月，2000多年的贡品、1300多年的种植史都只是橘生南丰的一种佐证，而不是本身。含有那么丰富的氨基酸、柠檬酸、蛋白质、硒等微量元素，才是其内在底气。

疑虑消除，有一种力吸引我走向南丰蜜橘的深处。

道可道，非常道。再高深的道，都难免"凝滞于物"，离不开从认识具体事物中去悟。世间从来没有常而无变之道。

于是，我把目光转向南丰蜜橘的品质之谜。除了抽象的定义或评价，我希望借助于现代科学手段，还原其内在真相。

检测数据令人吃惊。一颗小小的蜜橘，简直就是一个大大的乾坤，其包含的生命元素，丰富到你难以想象的程度。以 100 克南丰蜜橘可食部分为例，其含可溶性固形物 14.5%，总糖 9.8—11.8 克，柠檬酸 0.83—0.96 克，糖酸比达 10.27∶14.22，维生素 C19.5—22.6 毫克，蛋白质 0.9 克，无机盐 0.4 克，粗纤维 0.4 克，脂肪 0.1 克，热量 53 卡，钙 26 毫克，核黄素 0.05 毫克，核酸 0.3 毫克，磷 15 毫克，铁 0.2 毫克，以及多种氨基酸。

简直不可思议，不可思议到让我再次怀疑。

不是怀疑这些数据，也不是怀疑检测，是怀疑南丰，怀疑这不可思议的蜜橘。按照常规的思维方式，越是超越常规的东西，越要怀疑。我在心里追问，这蜜橘为什么那么神奇，生在南丰就有"甲天下"的美，而生在蜀地就成"狗屎柑"？

我架着怀疑的云梯，继续往前探险。

橘生南丰，为什么就与众不同？我问道家，希望悟得道中秘密。道家的回答充满玄学的禅意。道家说，一生二，二生三，三生万物。我似有所悟，所谓一，当是事物的元初或起始。

南丰蜜橘的一，不就是南丰这方水土吗？

我粗浅的悟道，在《晏子春秋》中得到佐证："橘生淮南则为橘，生于淮北则为枳，叶徒相似，其实味不同。所以然者何，水土异也。"我相信，晏子的论述具有普遍性，甲天下的蜜橘当有甲天下的环境。道家与晏子，开启了我的寻根之门。

于是，我抬头举目，仰望南丰的地理人文。秋色仍在漫延。漫过天，天空便澄澈而透明，连几只追逐的鸟也难遁身影；漫过水，江湖便波浪不兴，阳光一照也无法打破一面硕大的镜；漫过地，成片成片的橘林便使劲生长，竞相充实自己的一世夙愿；漫过脸，一张张笑脸就面带桃花，充满喜气，让人和秋融为一体，分辨不出秋在哪里。

一切是如此美好，南丰的山水。此年何年，此处何处？我站在南丰县城旁一隅，打开手机百度，寻找自己。面对一张花花绿绿的地图，我给自己发出一个定位。现代科技手段，立刻帮我锁定了一方蓬勃的橘园。

据说，南丰蜜橘最早的产区主要集中在县城周围的瑶浦、水南、杨梅、茅店等乡镇。对南丰不熟，我不知道百度锁定的我此刻的这个位置在不在上述产区范围内，属不属于"正宗"的南丰蜜橘产地。身体在场，心在场，有口为证，亲自品尝。"我思故我在"或"存在决定本质"，无论是笛卡尔还是萨特，都可为我做证：这里的蜜橘，就是南丰标本。

是的，定位是狭小的，视域是开阔的。谁能否认，这方赣东南神秘的土地，拥有亚热带季风气候区的诸多天泽恩赐，包括温暖湿润的气候、丰沛的雨量、悠长的无霜期、充足的阳光、悠久的蜜橘种植历史、深厚的蜜橘文化基因……

如果还不具体，这一组纯粹的南丰数字，会令多少地方垂涎三尺：年平均气温 18.3℃，有效积温 58059℃，无霜期 221 天；平均日照 19282 小时，日照率 44%。再加上这里丘陵山地的红壤土，成土母质以残积、坡积酸性晶岩风化物、酸性结晶岩、石英砂岩和泥质岩为主，或花岗岩、板岩、片麻岩、混合岩，土层深厚，且经过长期耕种熟化，肥沃、疏松、宜耕……

够了，够了。就凭这些，就足可解开橘生南丰的秘密。然而，当我连称"够了"的时候，似乎突然有一个声音在耳畔提醒或者诘问：对于南丰和南丰蜜橘，任何轻而言够都是一种浅薄。君不知，一个没有文化的地域，是没有灵魂的地域。你所看见的南丰和南丰蜜橘，都是表面的躯体和物质而不是灵魂。如果仅有躯体，南丰的蜜橘能行那么久、那么远吗？

我一下愣住了，自信的脑子一下清零。思绪重新起飞，穿梭于眉山与南丰、童年的"狗屎柑"与南丰蜜橘、"三苏"与曾巩之间，重归于一片南丰的天空，不是"落霞与孤鹜齐飞"，却是"秋水共长天一色"。

终于顿悟："南丰蜜橘"，怎离得开"南丰先生"。

秋水长天之际，我披一身秋色，站在曾氏祠堂前，重新审视这一方水土。盱江从屋前缓缓流过，掠过江面往前看，是一脉逶迤的笔架山；往后，有两株千年樟树，伴着一方小小的池塘。这江，这山，这屋，这树，构建了一幅写意山水画，与曾巩之文的"古雅、平正、冲和"如出一辙。想起了牛顿的万有引力定律，我相信，它同样适合于人文。任何事物一旦形成，都会相互吸引、相互作用，形成一个特殊的场。

我的眼前忽然一亮：场，南丰独特的场。有书为证：场、阳、旸——同为场。《说文》："场，祭神道也。"《尔雅程言》："场，道也。"哦，神，道，神之道！

任何生命体，包括植物，都生长在某种特定的场中。自然形成的，外界有意无意造成的，任何场都有一定的场量，大或小，正面或负面。

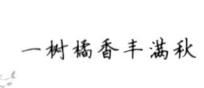

任何场一旦形成，都会影响场中事物，影响植物生命过程中的氧化还原反应、自由基活动、生物膜通透性、蛋白质和酶活性、遗传基因变化、种子发芽与成长等。

对此，我有无数的体验。

国庆假期陪几个朋友到峨眉山玩，上达金顶，发现过去曾经郁郁葱葱的古冷杉出现了不少枯萎死亡，有的枯枝上已长满苔藓，甚至开出不知名的寄生小花，传播着一种令人心怵的死亡意象。据说，专家们采取因素排除法排除各种可能后，最后把目光集中到了电视发射塔这唯一的变数电磁场影响上。

同样，当一方水土与天地人文融合，形成一种无形的力，渗透进地域文化的骨髓里，便会影响这里万物的生成繁衍。

比如南丰，比如"南丰蜜橘"和"南丰先生"。

不能羡慕嫉妒恨，只能说，老天对南丰太偏心。

我再次打开手机百度地图，以眼前的定位为基点，循着南丰蜜橘的足迹，追逐它们的一个个去向。条条红线，从基点出发，伸向四面八方，把国内各省市区和世界几十个国家和地区联系起来，形成一张扩散型的网。

面对这张巨大的网，我顿然傻了眼。

这画面，令我想起儿时看父亲撒网捕鱼的情景。父亲收网收获的是鱼，南丰收获的是财富。据说，目前南丰种植蜜橘70万亩，年产量26亿斤，收入逾百亿元。搞经济工作多年，我当然知道这个收入对于一个32万人口的小县意味着什么。

橘生南丰，是一种偶然，也是必然。关键是一代又一代的南丰人善于抓住这种偶然不放。得之天意,施之德政,助之人和,把偶然转化为必然,持之千年,初心不变,让天时、地利、人和完美统一,蔚成一种大气,泽润这片神秘的土地。

于人于橘,橘生南丰都是一种福气。

甜蜜的南丰

✎ 于秋月

无事乱翻书,偶然读到唐宋八大家之一曾巩先生的诗句"鲜明百数见秋实,错缀众叶倾霜柯。翠羽流苏出天仗,黄金戏球相荡摩",感触良多。说来,我特别喜欢吃橘子,尤其是那种黄金小球似的蜜橘。这种"黄金戏球相荡摩"的小蜜橘不同于那种大个儿的、普通的橘子,设若普通橘子的卖家不让你品尝,你心里多半是没有底的,你不知道买回的橘子是酸的还是甜的、是陈的还是新鲜的。我称这种心里没底的购买叫"赌橘"。如果剥开一尝,脸上呈现出一种可爱的满足,那便是甜的橘子了,那颗小赌的心也随之放了下来。如果相反,也只好自认倒霉,弃在一旁不再去管了。然而蜜橘却不同,这种金色的橘子虽然个儿不大,但吃起来从来是润泽甜美,不仅可以润喉,还可以清肺。重要的是,吃这样的橘子会生发出一种好的心情——这自然是吃橘子的个人"经验"了。但是它究竟产在哪里,却从未放在心上。如果不是读到了曾巩"咏橘"的诗句,我还真不知道这种甜蜜的小橘子产在江西的南丰。

恰逢秋分时节到南丰来采风。天可怜见，总算是有机会与南丰的橘林做零距离的接触了。不仅如此，还可进而了解到有关南丰甜蜜小橘子的品质和故事。想不到的是，所到之处，无论官民还是童叟，全都称赞南丰的橘子好吃，甜。总结起来是"色泽金黄，个儿小皮薄，酸甜适口，少核化渣，清香独特，营养丰富"。如此看来，我先前的判断并不错。尤其令我开怀的是，喜欢这种甜蜜的小橘子，不但是在下一类的寻常百姓，竟然连古代的圣贤也对之赞不绝口。如欧阳修在《归田录》云："金橘产于江西，以远难致……都人初，亦不甚贵，其后因，温成皇后尤好食之，由是价重京师。"再如曾巩先生《橙子》的诗句："谁能出口献天子，一致大树凌沧波。"《新唐书》上也说"抚州土贡朱橘"。不仅如此，南丰的橘子还得到了国家领导人的首肯与欣赏。毛泽东、邓小平、胡耀邦、温家宝等同志都对南丰的橘子赞美有加，甚至连苏联的斯大林同志也曾赞誉南丰蜜橘是"橘中之王"。2015年3月全国两会期间，习近平总书记在听取抚州市代表发言谈及抚州时，忆及小时候在北京家中品尝南丰蜜橘的经历，当场称赞说："南丰蜜橘很有名，很甜。"从历史上说，自唐代以来，南丰蜜橘就已经是皇室贡品。跨过千年，现在南丰蜜橘年均产量达26亿斤，畅销全国并远销40多个国家和地区，综合年产值突破120亿元。这就难怪南丰有"中国橘都"之美誉了。

是啊，小小的南丰城并不大，但是重峦叠嶂，被青山环抱，且有清凌凌的盱江水从小城当中从容流过。尤其是秋风过后的时节，漫山遍野的橘林如同缀满了亿万颗金黄色的玛瑙，俨然连绵不绝的金斑璀璨的"太阳山"。这时节,整个县城到处都弥漫着浓郁且令人沉醉的橘香。这也是南丰橘农一年当中最幸福、最自豪的时候。坊间一直流传着这样一句笑话:"南丰南丰,让男人发疯。"这是什么意思呢?借问乡党才知道,南丰的女儿家因常年吃蜜橘的缘故,不仅人长得俏美,而且说出话来嗲声嗲气的,十分妩媚。面对如此金橘也似的美人,南丰的男人岂能不发疯?

据说,从蜜橘的种植到收获,最忙不过4个月的时间。其余的时间里橘农便闲了下来。小小南丰城,32万人口,其中有20万橘农,而这20万橘农从来是将自己这一段有闲的生活调理得有声有色、有滋有味。这里咱们单说南丰的特色小吃。南丰的特色小吃总结起来,谓之"三水",即"水酒、水粉儿、水豆腐"。潇洒的南丰男人素有早起喝水酒的风习,这种别样的潇洒真是让人艳羡不已。而且,南丰橘农在吃上十分讲究。比如,他们每天清早要亲自到早市上去挑选青菜、水豆腐和下水之类,然后提到饭馆去加工。加工出来的水粉儿每碗不过5元钱。然后就着水豆腐再咂上几口水酒。这"三水"的好日子怎一个"妙"字了得呀。

我想,这大约就是大都市人一直羡慕却不可企及的、妙不可言的慢生活吧。

攀登军峰山在半山腰歇脚时,我看见橘林里的一对夫妻正在给橘子树剪枝。外行就是外行,说出的话自然就更外行了。那个妇人笑着说:"剪枝并不是怕它占了橘子的营养,而是枝条太高了,到时候不好采摘哦。"我又进而问之,妇人答道:"一棵橘树可以结100—150斤橘子的。"我仰头粗略地算了一下,如果按妇人说的每斤可以卖2—3元,那么，这对夫妻的 700 棵橘树就可以收获 30 万元，去掉其他费用至少净赚 20 万元哪。我的天，这很可以呀。

喝过了水酒，吃过了水粉儿，品过了水豆腐，状态就完全不一样了，可以去镇上看傩戏了。说到傩戏，有资料介绍说，傩戏尤其在南丰一带最为盛行。我也曾在云贵一带看过傩戏的表演，那儿的傩戏表演者的面具造型很是强悍凶猛，以至青面獠牙，表演中断喝声频起，锣鼓伴奏声也十分火爆，让欣赏者不由得心升紧张。当然，毕竟是驱魔打鬼的表达，这样的夸张设计也都在情理之中。然而，南丰的傩戏却截然不同，表演者的面具不仅特别人性化，而且面具的表情也是那样地和善且富有个性。或有那种表情强悍的面具也是一种英雄的面目。南丰的傩戏近乎曼妙的舞蹈，动作轻柔，包括肢体的对话状表达，一切都是在悄然无声中进行的，而锣鼓声不过是一种节奏上的点缀而已，让观者有一种亲近感，能够平心静气地体验到寻常百姓生活的温度和善意。

这时候，倘若你手中有一枚金色的南丰蜜橘，不妨凝神静气体验一下手托金橘的那一份特殊的感受。是呀，你托起的不仅仅是一枚小小的金橘，而是托起了南丰人勤劳质朴的灵魂，托起了南丰人的潇洒、南丰人的智慧、南丰人的幸福、南丰人的神奇和南丰人的那份悠然自得。这小小的金色蜜橘哟，千百年来，它不仅轻而易举地征服了无数的名家高士，也令历代的名士大家叹服、钟爱。哦，这分明是一颗神奇的、蕴藏着南丰千百年创业史、奋斗史、风俗史和革命史的鲜活珍宝呵。

我从南丰带回了橘子香

王子君

9月中旬,有机会去南丰采风,因时间上有些冲突,我便有些犹豫,遂问密友:"我去不去南丰?"

密友说:"去!南丰蜜橘好吃,带两箱回来。"

密友平时并不喜食水果,为何对南丰蜜橘情有独钟?

密友得意地说:"南丰蜜橘,酸酸甜甜。1949年,毛主席出访苏联,将南丰蜜橘作为国礼送给斯大林。斯大林品尝后称赞蜜橘是'橘中之王'。从此,中国橘子就誉满全苏联,吃南丰蜜橘在苏联一时成为风尚。"

几句话带出了中、苏两个大国领袖同南丰蜜橘的渊源,我当即决定去南丰。

一路上,脑海里总是浮现出橘子的图像,也仿佛闻到了橘子的清香。一入南丰地界,那橙黄溜圆的橘子图案竟随处可见,橘子的香味似乎也更浓郁了。那是一种特别的香。

但眼下南丰蜜橘还不到成熟的季节，说闻到橘子香当然只是我的幻觉。南丰，这座因橘而富的城市，正在准备迎接今年（2019年，下同）的蜜橘上市期。南丰蜜橘早已远销全球40多个国家和地区，而今年，南丰蜜橘的香，将比往年在地球上飘得更远。

南丰，是唐宋八大家之一曾巩的故里，眼下，"纪念曾巩诞辰1000周年"文化活动正在南丰隆重举行，而国礼园作为这一活动的重要载体，更是游人如织。金秋的阳光明艳艳的，将红色的充气拱门、红色的地毯、红色的"国礼园"字迹照得分外热烈。拱门底柱两边，坐卧着两个硕大的橘子雕塑，橙黄中泛着金红，橘子顶部的一叶青枝赋予了雕塑生命力。数百名来自南丰各中学的学生，穿着白底蓝橙色波纹的上衣，胸前佩戴着橘子形图案的校徽，在红、黄、青绿的衬托下，生机勃发。

我问身旁的学生："作为南丰人，你们对南丰蜜橘有什么感受？"

学生们七嘴八舌地回应："很骄傲呀！""酸酸甜甜，味道真的很好。""蜜橘是我们的特产名产呀，逢年过节，我们用橘子招待客人。"……

我又问："南丰有蜜橘，还有曾巩。曾巩和蜜橘有故事吗？"

学生们一愣。但很快，就有个女生接了腔："曾巩应该也和我们今天的南丰人一样吧，在橘子熟了的时候，天天吃橘子。"另一位女生说："曾巩吃橘子，和我们吃橘子是不一样的，他写出了赞颂橘子的诗《橙子》。"

橘、柑、橙、金柑、柚、枳等总称柑橘，曾巩的诗题为《橙子》，写的就是橘子。

女生又大方地吟了两句："谁能出口献天子，一致大树凌沧波。"

"凌沧波",多么熟悉的诗句!

自屈原始,多少文人墨客为橘陶醉,为橘从不吝啬笔墨才情,赋诗题词,讴歌其色其香,品味其意其韵,留下无数美诗佳句。曾巩的《橙子》,把橘子的形、色、意表达得淋漓尽致,既描绘了南丰金黄色柑橘挂满枝头的美丽景色,又写出了柑橘尊贵的价值与地位:"鲜明百数见秋实,错缀众叶倾霜柯。翠羽流苏出天仗,黄金戏球相荡摩。入苞岂数橘柚贱,芼鼎始足盐梅和。江湖苦遭俗眼慢,禁御尚觉凡木多。谁能出口献天子,一致大树凌沧波。"女生吟诵的两句,正是称颂南丰蜜橘的"贡橘"身份。据《禹贡》记载,早在2000多年前,南丰蜜橘就以"果色金黄、皮薄肉嫩、食不存渣、风味浓甜、芳香扑鼻"而闻名,被列为贡品,年年贡给朝廷。

我朝女生跷起大拇指,连连称赞,对蜜橘的向往之情也已升华为对南丰丰厚文化的敬仰。

步入国礼园,满眼是青油油的橘林。密密实实的青色橘子,"错缀众叶",一簇簇簇拥枝头,在阳光下将熟未熟,表皮圆润清亮,有些在顶部已泛出些微的黄红,预示着丰收在即,散发着诱人的气息。终于有人忍不住摘下一颗,剥开细薄的果皮,掰几瓣放进嘴里,酸涩得皱了眉头,却仍笑逐颜开:"呀,酸酸甜甜,酸酸多于甜甜!好吃!"引得众人大笑。

我想同行者中很多人应该如我一样,此时不由得咽了咽口水。我们都知道,再过些日子,橘子熟了的时候,那才是真的好吃,千年贡品,必名不虚传。我们来得早了,只能望"橘"止渴。但我们能想象出,这橘林青翠地蔓延开去,当那青涩的橘子变幻成黄澄澄的熟果的时候,橘园就会再现曾巩诗中的"黄金戏球相荡摩"的美景了。议论着，憧憬着，欢快的气氛也更加浓烈。平时高傲得像公主的女子，全都褪去了矜持，展开双臂扑入橘园，扑入大自然这橘香浮动的一隅，或站在橘树下扮作橘农整理枝枝叶叶，或趴在橘树下的草丛里演绎孩童的顽皮，或拉住一簇橘果吮吸它的芳香……每一棵橘树的根茎、叶脉、色彩、光泽，此时都成了她们的道具，她们摆出各种姿势尽情地拍照留影。一向视热衷于拍照的女同道为天真作秀的男人们，竟也一个个露齿大笑，争相举起手机拍照，甚至干脆跳入镜头，释放人性爱美、崇尚自然之本真，和她们合成风景。蓝天白云之下，橘林繁茂，丽影绰绰，曾巩若是瞥见这欢畅喜乐的一幕，会不会再写上一首《橙子》？

在另一个足以展示南丰现代生态文化的圣地——潭湖，有着不一样的橘园故事。

潭湖是省级湿地公园，距南丰县城东南18公里，公园湖面6175亩，山林面积达1.7万亩，大部分区域处于原始森林状态，环境幽雅，空气清新，鸟语花香，是一个天然的绿色大氧吧。也因此，这里生物多样性丰富，众多野生鸟兽在此栖息繁衍，一派湿地特有的优美风光。乘坐游艇环游潭湖，那是一种美的享受。潭湖，名为湖，实为水库，始建于20世纪60年代中期。湖面宽阔，汊湾错综，游艇在深不可测的湖水中欢畅地穿行，时缓时疾。缓时波光如银，疾时浪涛滚滚。所过之处，时有成群的绿头鸭、白天鹅、鸬鹚飞入我们的视野，与跃出水面的鱼儿、碧蓝的湖水、青青的湖岸相映成趣，美如歌中的天堂。年轻的导游姑娘指着水库中的小岛比画着说，以小岛为界，这边是连片的橘园，那边是密密的山林。从前，山林里有很多土匪，收橘子的时候，土匪就会

下山来抢劫,老百姓就大为遭殃。历代政府采取措施剿匪,可效果甚微,匪患从未断绝过。红军来到江西后,开始进山剿匪。剿匪战斗自然是惊心动魄,非常激烈,红军牺牲了不少人。但最终,土匪被红军彻底剿灭,南丰的老百姓再也用不着担惊受怕了,得以安宁地生活。每到橘子丰收时节,他们就会如过年一样,张灯结彩,跳起传统的傩舞庆祝丰收。导游姑娘圆圆的脸上泛着成熟橘子般动人的光泽,细长的眼睛笑成一道光,那是青春的纯真。有美丽的橘园陪伴,有丰厚的生态与人文滋养,她真是觉得幸福。

我凝望远岸上郁郁葱葱的密林,心中感佩。南丰这块最适宜橘子生长的土地,原来还承载了自古以来一场场战争的洗礼,浸润过牺牲者的鲜血。多少风流,多少苦痛,才成就了今日美好如"流着奶和蜜"的这样一方圣土,成就了它寓意丰丰满满的名字!

有了这份思悟,当我来到观必上乐园,就是另一种震撼了。

观必上乐园种植有万亩橘树,遍布整片山岭,自山脚到山坡,自山坡到山顶,浩瀚壮美。电缆车行驶在橘园中,就如行驶在绿色海洋中。到了半山坡,游人便只能步行往山上去。一路蜿蜒山路,石阶陡峭,却是一步一景,让人感到是攀登在一幅巨幅的橘园秋意图画之中。上了山顶,竟是一个圆形的玻璃栈台,玻璃下的草丛将栈台分割成田野的形貌。此时,夕阳西下,万物生辉,温暖迷人。回望上山的路,已掩映在茂密的橘林之中。万亩橘园,绿意连绵,恢宏壮阔。而换个角度俯瞰,脚下则是绿水绕山,水中小岛与野渡交错,形成九曲回环、状如龙形的山间河流;对岸是丹霞地貌,鬼斧神工,雕造出神形兼备的物象,栩栩如生;山色灿若晚霞,落入青青山水,构成一幅与橘园相接、层次分明、色彩丰富、恣肆铺展开去的山水画卷；而远处，南丰城一片片白色楼房，好似画卷中的留白，令人浮想联翩……

当地作家说，这绕山流动的绿水，不是河，是湖，叫"车么湖"。

观必上原名官陂上，意为公家督造的水渠上游。水渠，当然是人工的，有上游之说，说明水渠的规模不小。《南丰县志》有记载，车么湖原是一条小河，河水湍急，水量丰沛，古人截断小河成渠，兴建水力磨坊（古称"车磨"），专事磨面，以供县城所需。1958 年，又开始在此处兴修水利，渠扩为了湖。如今的车么湖已经与周围风景浑然一体，成了观必上的点睛之笔，成了观必上的眼，湖水清澈，波碧浪轻，岸上橘林照水，丹霞映日，美不胜收。据传，中唐时期，南丰县令令狐汜和弟弟令狐及出游，爬上此山岭，令狐及留下一句诗："擎榼上高蹬，超遥望平川。"他们"超遥"而望，犹如后世曾巩诗中的"翠羽流苏""金球荡摩"美景尽收眼底，把"榼"痛饮，何其开怀！

上天厚爱南丰，将这样一幅人间美景图画安放在南丰地域，就连它的名字，也寓意了丰丰满满的意境。看一眼南丰的橘园，别说是令狐及，我们又有谁不会记住这美好的名和美好的意境，并在心中写满诗意呢？

我记住了南丰。虽然在南丰只停留了短短 3 日，却将它的橘林装进了心怀。我回京城，没能给密友带回两箱蜜橘，却带回了比蜜橘还要鲜亮美妙的人文，在密友心里植入了一片辽阔的橘园，成熟的橘子挂满枝头，一片金黄。这一片金黄，已不只是橘子荡摩，它是南丰富庶、国家富强的象征。我忆起那些在国礼园拱门前与我对答的学生，感觉他们也正如橘苗，将长成一棵棵青翠翠的橘树，连成一片片橘园，开花、结

果,成为大地和祖国的果实。

  不几日,我去美发店洗发。洗发小哥的口音让我觉得好生熟悉,便探问他是不是江西人,小哥颇为自豪地说是江西南丰人。我大喜,问他南丰有何特产,小哥脱口而出:"南丰有二宝,一为蜜橘,二为曾巩。"我说我刚从南丰回来,那里山青水美橘林成园,但遗憾未能吃到南丰蜜橘。小哥安慰我说:"橘子要到11月方能见熟,那时你来我这里,你要多少,我帮你订上。"闲聊中得知,南丰人家家户户都栽种有橘树,每家百十来棵,年收三四万斤橘子不在话下。橘子日常吃不完,也不加工,便想着法子外销。他们小时候在橘园里嬉戏打闹,捉迷藏,荡秋千,快乐胜过仙童。尤其是橘子开花的时候,那才叫美呢,漫山遍野,香气扑鼻,雪白雪白的橘子花绽放在翠绿的橘子叶里,晶莹耀眼。小哥还告诉我辨识正宗南丰蜜橘的方法,说要看它的果形、色泽,品它的味道。一般自然生长的正宗南丰蜜橘表皮轻薄,且多少会有自然生长产生的细微疤点,小巧可爱。拿一个橘子用手轻轻挤一下,再放在鼻子下闻一闻,有股橘香味,吃起来,脉不粘瓣、汁多无渣、味甜而不酸……小哥说得津津有味,我则当即决定订购蜜橘,亲尝南丰蜜橘无上美味。

  几千里外,我闻着南丰蜜橘的香。

再遇傩班

✍ 柳易江

一

秋分，水南村，国礼园。

己亥丰收节，日夜平分时。水南的橘园，墨绿流淌，如板栗大小的青橘，俏皮地缀挂在枝上叶间，泛着隐隐的淡黄。雨少天干，焦渴的小橘子时不时地爆裂出果肉，仿若山冈上炸开的油茶籽。这里是橘乡，这里是南丰。

国礼园，一块镶嵌在水南村的碧绿翡翠。它以1949年毛泽东主席出访苏联时将水南蜜橘作为国礼赠送斯大林为背景，深植当地的千年蜜橘史和千载非遗傩舞，集合成了一个以橘园为舞台、以傩舞为主角的乡村旅游名片。

临水揽橘的丰收广场上，迎宾舞乐奏，笑语欢声漾。

鼓槌起，锣声响，铙钹穿其间。简单的乐器、简洁的韵律，烘托出

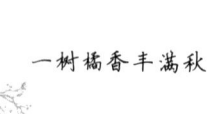

了戴面具、着傩服的舞者。黄帻，黄头巾；朱裳，红底黑白碎花衣，或是红底大朵绿花裙；绿鞲衣，绿袖套。

手持钺斧、额佩铜镜、金眉金目的"开山"，出场了。鼓点激越，节奏紧张。只见祂双手挥钺，上劈下砍，左拦右挡，矫健如虎豹，迅疾若风雷。或蹲，或闪，或蹬，或跳，或跃，或腾空而起……粗犷刚劲的舞姿，激越豪放的气势，酣畅淋漓的起承转合，传递给观众的是勇猛威武的气概与披荆斩棘的坚定豪迈。这，就是有盘古开天地之意的《开山》独舞。《开山》，也是南丰每个傩班的开场傩舞，既喻先导开路，亦含始祖之尊。一个关于宇宙诞生、人类创造的民间神话故事，就在跳傩者短短几分钟的演绎中直观尽现。

锣鼓的节奏舒缓了，戏谑的成分掺杂在铙钹声中。拄着木手仗、踱着方步的老翁上得台来，紧随其后的，是迈着碎步、捧着红偶、拿着折扇的少妇。老翁红花长袍，宽布白腰带，白须长飘；少妇红褂红裙，细带环腰。雪白的脸颊上，点以皓齿红唇，一个嘴角左上扬，一个嘴角右上扬，一个慈祥的美髯公，一个笑不露齿的温和俏妇。好一对舒眉展眼、和善亲昵的璧人！行相敬如宾礼，致悦然点头意。着鲜红绸衣的人偶傩崽，在老夫少妻的怀里被紧紧地搂着、怜爱地瞅着、轻柔地抚摸着……一动一舞中，晚年得子夫妻乐享天伦的幸福感爆满全场，令人欢愉欣悦。那一对风趣诙谐的脸谱，尤其让人忍俊不禁，甚或哑然失笑。

掌声，响起。叫好声，如潮涌。

摘下面具，傩班在橘子树下歇息。绿的橘林，红的衣，非常醒目，也煞是好看。当地村民跑过来，要与他们合影。原来，这傩班并非水南村的，而是从10余里外的石邮村赶来的。石邮傩班，一个早已蜚声海内外的傩班！更让人惊喜的是，年届八旬的国家级非遗传承人罗会武老人竟然也坐在橘子树下，正在解红傩服的衣扣。

这张面孔，我太熟悉了，在报纸上，在画册里，在电视画面中，在傩舞的影像片里。早在 15 年前，我就真真切切地观赏过他主持的庄严的石邮傩仪。

二

2005 年初夏，石邮村。

那是一次盛大的中外学者傩文化田野考察，作为媒体记者，我随行采访。

那天上午，10 余辆考察车向三溪乡石邮村鱼贯而行。沿着曲折的清水河，但见满坡的垄垄橘林透着无边的绿意，路边的一塘塘粉莲间或跳入眼帘，偶有路旁村民露出淡淡的微笑。一进村，河滩、房顶、屋旁已是人山人海。没有拥挤，更无喧哗，他们静静地，向着考察车行着注目礼。

傩，形声字。《说文解字》中并无"傩"字，而是参考"儺"字。傩，其义有二：一为步行有节度，行走姿态优美；二是古代腊月驱逐疫鬼的仪式，人们戴着面具，用反复的、大幅度的程式化动作，请神驱邪、祈福祈祥瑞。跳傩，即戴假面跳神，是原始狩猎、图腾崇拜、部落战争和原始宗教祭祀的产物，曾经广泛流行于我国黄河以南的农村。

江西，傩文化大省。赣傩，极具代表性。傩舞、傩面具、傩庙，组成了富有地理标志的"赣傩三宝"。赣西萍乡的傩庙、傩面具，赣东南南丰傩班的傩舞，都是赣傩宝贵的文化财富。那时，石邮已经是"中国

民间艺术之乡（傩舞艺术）"。

石邮建于乾隆年间的傩神庙并不高大，斑驳，沧桑，民俗风味浓郁。门柱上的对联耐人寻味：近戏乎非真戏也，国傩矣乃大傩焉。庙内灯烛辉亮，香火缭绕；庙外鞭炮炸响，人群拥挤。

"起傩"，在傩神庙。仪式由"大伯"主持。时年65岁的罗会武身穿红花傩服，双膝跪地，淡黄腰带、淡黄袖套，右手执信告，左手做香火决，神情凝重。傩班众人跪地其后，叩首，默祷，祈祷人寿年丰、万民安康。

"开始"，"八伯"（8个跳傩者）上得祭坛，迅速、隆重、神秘地请下开山、傩公、傩婆、雷公等傩神面具，轻放箱笼。锣鼓骤响，傩班似疾风，在一路"参神"的鞭炮声中，向村中所有神庙中的神祇一一祈拜。

"跳傩"，在明清建筑的西位祠堂。锣鼓声声敲响，戴上面具，"八伯"就由俗人而为傩神了。《开山》开路，威严凛然，气宇轩昂。《雷公》出场，看青面雷公，右手持斧，左手抓凿，晃头抖臂，挥斧逐妖，行如腾云驾雾，翻似倒海翻江，除恶务尽，凛凛威风，耕云播雨，福泽众生。《钟馗醉酒》却是另一番气象，另一种风格，气氛由严肃而轻松了。猜拳喝酒、跳凳嬉耍，好一幅正月里的风俗画，表现出傩班的高超武术功底和舞蹈功力。《双伯郎》中托塔天王李靖三太子哪吒与李靖外甥杨戬，这对武艺高强、形影不离的好兄弟，面具萌憨，动作拙朴……紧凑的8个傩舞，自始至终被中外专家、学者、记者以及当地观众密密匝匝地围着，闪光灯在碰撞，摄像机中有你有我，百平方米的祠堂内，骤升的热度使观者不知不觉已是挥汗如雨。没有掌声，也无喝彩，在这古老的舞蹈"活化石"中，人们更像是在拜读一本厚重的古籍，更像是在致敬远古的乡间民俗。心,被震撼了;情,被牵扯了。在这牵牵扯扯中,仿佛触摸到了 2000 年前祖先的魂灵。

"搜傩",气氛令人屏息。傩班列队在外,突然,铳炮震天动地。钟馗、开山诸神挥舞着开山斧和大长刀,相继上下跳三下,然后急促冲进堂中。搜、驱、赶,驱逐晦气,搜除杂碎,带来吉祥瑞气。门外,爆竹、火铳大作,主人的家庭成员规矩地夹道于两旁,人手一支燃香,表情肃穆、虔诚,有着十分浓重的庄严仪式感。

"圆傩",在河滩。箱笼里的所有傩神被逐个庄重地请出,按东、南、西、北四个方位秩序摆放。火把点燃。"大伯"手举火把,沿八卦的方位向众傩神一一拜谢,预卜当年收成的丰歉。最后,在人群的簇拥下,傩班"回殿"。

"回殿"。傩班一行 8 人,挑着箱笼,敲着锣,打着鼓,一路飞奔,风驰电掣般地"下马",把众傩神郑重地送回傩坛。

看完这套完整的傩仪表演后,时任中国傩戏学研究会会长、著名戏曲理论家曲六乙老先生的兴奋表情和所发出的感喟,我至今记得清楚分明。他赞叹,石邮的傩仪全国独有,价值很高,既去除了巫的成分,又保留了古老、隆重、神圣的仪式。他欣慰,欣慰于石邮保存了 2000 多年前的古老傩仪,与他 15 年前看到的几乎一模一样。他震撼,震撼于石邮傩舞的原生态、粗犷美、野性美以及人类本体精神的张扬。

三

震撼。

那天,被深深震撼的,岂止曲老先生,所有在场的年轻的、年长

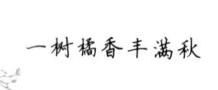

的，专家学者、乡村妇孺，看懂的或是并未看懂的，无不被傩仪的神圣、傩班的跳傩、村民笃信的神情深深打动，埋藏在心底的乡土情结，在某个瞬间就擦亮了火花腾起了火苗，燃烧，升腾，让人感染、感动、感慨。这就是文化，这就是深植于大地的民间文化的力量。石邮傩舞，这颗舞蹈"活化石"生长在石邮古老的文化土壤中，生存于石邮、南丰千百年来的民俗文化空间里。

其实，这起傩、跳傩、搜傩、圆傩的一整套傩仪，在正月里是要历经 16 天时间的。从正月初一晨 7 时的傩庙起傩，到正月十六的河滩圆傩，傩祀才算完毕。这 16 天，傩班每天晨出晚归，串村过堡，所到之处，鞭炮相迎，孩童乐随。乡民们若需请傩，只要在其经过时，放上一串响亮的爆竹，傩班便会进入厅堂或禾场。当地俗语云：一面鼓，一面锣，爆竹一响就跳傩。

那次石邮傩舞田野考察，带给学者们深深震撼的同时，也留给了专家们长长的忧虑。2005 年，身为中国民间艺术家协会主席的冯骥才先生，正在为保护传统古村落、拯救中国民间文化而奔走呼号。在发言席，在接受采访时，在石邮跳傩的现场，身材高大的冯先生沉重的忧患意识无时不在警醒着大家——"博大精深的民间文化，构成了中华文化的半壁江山""我们无法阻止一个时代的变化，但我们必须挽留我们的文化""无数的民间老艺人在无声无息地逝去。作为文化的携带者，他们的走也意味着一种中国民间艺术的消逝！"

忧患。

那次石邮田野考察后，沉重的忧患意识也在我的心头加重了分量。我关心古村落的保护，关注非物质文化遗产的传承。2007 年，在"非物质文化遗产"概念提出后不久,在我国第二个文化遗产日之际,我在"江报直播室"(荣膺中国新闻奖新闻名专栏)主持了一期节目,邀请专家、"非遗"传承人、政府工作人员,面对现场观众、面向网友做了一场直播。点击率之高,创下了该栏目的纪录,这大大出乎我们的意料。我想,是因为这个话题——"保护民族文化的DNA",强烈吸引了网友们。那次,罗会武老人是我拟邀请的首位嘉宾,遗憾的是,他正巧率领石邮傩班出国演出了。

2010年,我离开了文化记者的岗位,此后接触的一手"非遗"信息相对少得多了,但是,石邮傩班一直是我特别关注的所在。2005年专家们当时的建议以及他们忧虑的表情,都时常闪现在我的脑海,至今记忆深刻:第一,做好文物的保护,傩庙、傩服、傩面具等都应该严格保护起来,绝对不能卖掉。第二,尽可能地保护仪式的传人,如果搞好,年轻人可以挣钱,生活没有问题。应该与旅游结合,因为它已经没有了驱逐疫鬼的内容,只是古代复原式的表演。第三,村庄原貌不能动,否则自然、历史的条件没了,文化也就消失了。第四,建立小型博物馆,展示不同时期的人物照片、用具,收集史料,把历史的厚重感体现出来。第五,旅游开发只能适度地开展,绝不能将其变成纯粹的旅游工具,尽量不要有商业性广告,商业化色彩越少价值就会越高。第六,对下一代进行民间审美教育、情感教育,培养他们的乡土情感,要使百姓以自己的家乡为荣。

现在想想都有些吃惊,一个告别文化新闻转身文学副刊的人,居然会对石邮傩舞、石邮傩班如此念念不忘、这般魂牵梦绕,而且一到春节总是想兑现罗会武老人对我发出的邀请——正月里来石邮。

遗憾的是，后来我就没有再去石邮村。

四

欣慰。

15年后重访南丰再遇傩班，我竟有了15年前曲六乙老先生的激动与欣然。

那天晚上在县城文化广场，一队队戴着面具的傩舞方阵就像一块巨大的磁石，吸引了从各个方向涌来的人流。领队在指挥，导演在发号令，原来，这是他们正在紧锣密鼓地为几天后的踩街表演进行合练。由街舞小子组成的魁星队，把流行的街舞与魁星点斗的傩舞有机融合，既有傩舞的点、抖要素，又有街舞的头立、三角撑招数，比我2005年在石邮村看到的《魁星点斗》傩舞更有亲和力，更具趣味性及观赏性。他们把跳傩的原生态力度美与现代的时尚气息、孩童的阳光活力黏合在一起，博得围观者的热烈喝彩。一人手握大笔，一人手拿算盘，广场舞大妈们两两相对地跳和合，欢快活泼，悠然自在，与从容淡定的笑脸面具相得益彰、相吻相合。秋夜凉如水，音乐止，导演满意地喊了"停"，可跳和合的大妈们却依然踏着内心的律动，投入地、愉悦地跳着、舞着、笑着，那是由内心而外溢的开怀舒爽，那是和谐和好、和睦和善、和乐和美的心境与生活的外化延展。

又是一晚高强度的排练圆满结束，广场的灯光暗将下来。从温州回乡不久，正值盛年的导演李健，与分导演、领队们相约在路边的夜宵店碰头。大家对大妈们和孩子们的表现颇为满意。由于傩舞看得多，这些老年体协的大妈们自然领悟得快，表演得到位；这些上过傩舞兴趣班、爱跳街舞的孩子们，把魁星点斗演绎得像模像样。只要把握踩街的气氛与节奏，就能达到预期的效果……为了几天后的面具舞蹈文化周，上上下下、老老少少们都兴奋着、期待着，他们将与来自非洲、美洲、日本、韩国以及国内的面具舞蹈队一起，交流、切磋、狂舞、狂欢。

不能在南丰现场观摩首届面具舞蹈文化周的盛况，委实有点遗憾。由中国舞蹈家协会主办的此次活动，有24个国内外的队伍参加，规模、档次都是相当了得。想起15年前，类似的活动是由江西省政府主办，在省会南昌举办了包括研讨、踩街、演出以及到石邮田野考察的国际傩文化艺术周。数十支来自海内外的队伍在赣江边、在滕王阁下冒着蒙蒙细雨激情踩街的情景，至今历历在目。那是舞者的殿堂，那是观者的盛宴，那是学者的课堂。

15年后，一个小县城居然能成功主办如此大规模的活动，真是让人刮目相看。更为甚者，面具舞蹈文化周只是纪念曾巩诞辰1000周年的系列活动之一。曾巩千年，傩舞千年，橘都千年，三个千年，都是世界级的名片，文化的名片。时值金秋，恰逢千年，静态的历史文化，动态的民间民俗文化，体验品尝的蜜橘文化，都在这里交织交集，相融相映。这里的人们，因蜜橘更富裕，因曾巩更自信，因傩舞更骄傲。傩舞，是"中国古代舞蹈的活化石"，是民俗的基因库，是祖先的神面孔。

五

丰收日，国礼园橘树下，红花衣裳傩班的轻松愉悦表情已烙印在我的脑海。"八伯"中，有搞蜜橘种植的，有做蜜橘销售的，有忙蜜橘运输的。两支傩舞一跳完，接电话的接电话，换衣服的换衣服，找摩托车

的找摩托车,丰收了,蜜橘的销路不错,订单又在追加。

"四伯"彭春根已年届不惑,身体壮实,外向健谈。20岁就进了傩班的他,对15年前给中外学者傩文化田野考察团跳傩的事记得一清二楚。他说,那次是原汁原味的,非常隆重,那次时间充足,跳了8个节目,那次动作慢,每个动作都做得到位,慢慢地跳,慢慢地感受,跳得好过瘾,就像每年正月初一在石邮祠堂面对30多个头人一样,跳的都是最原始的傩舞,动作一个都不能减,时间一分钟也不能少,而现在,在一般的场合,比如商业演出,比如给游客表演,傩班不得不把动作简化,跳得也快,人们要的只是那种气氛,跳一场,演出半小时,傩班能有1200元的报酬,不过,从正月初一到十六,给本村、外村走村入户地跳傩,尽管特别辛苦,报酬却是极少的。他说,正月里晨出晚归地跳傩,图的就是吉利,求的就是神灵保佑,傩班不讲回报。

近些年,乡村旅游发展起来,文化旅游也兴起。石邮傩班跳傩,每人年均有上万元的收入,基本生活没有问题。"四伯"家里有40多亩小农场,年产蜜橘20多万斤,还搞蜜橘加工、销售,日子过得比蜜甜。

"大伯"听不太懂普通话,他讲的话我也不能全听明白。"四伯"瞅瞅身边的"大伯",笑着向我介绍:尽管年事已高,但身为傩班的"大伯",只要身体条件允许,跳傩他都会尽量参加,既是司乐,也是跳傩指导。"大伯"早在2006年就评上了国家级非遗传承人,是国家的首批,每年有传承费用2万元,还拍摄了4部石邮傩舞的影像片,有口述的,有教学的,有表演的,傩班8个成员都在里面。"大伯"现在的待遇,蛮高哟!这是15年前我们想都不敢想的。

是啊,15年前更多我们不敢想的,现在基本成了现实。余大喜,这位江西省著名傩文化研究专家，亲眼见证了南丰傩舞的保护与发展，更看到了石邮傩班的传承与未来。石邮村现在已经打造成了一个傩文化旅游小镇，前来赏橘花、采橘子、观傩舞的游客络绎不绝。傩班自己也能承接一些商业演出。更为可喜的是，小小的少年傩班也成立了，8个十一二岁的少年，一有时间就跟着"大伯"学舞跳傩。

在"四伯"的朋友圈里，我看到了修旧如旧、整饬一新的傩神庙，看到了竖立着傩面具石柱的傩文化广场，看到了涂鸦着跳傩场景的房屋外墙，看到了一个傩文化无处不在的千年古村、时代新村。

在噼里啪啦的鞭炮声中，身穿红花傩服、头戴黑色瓜皮帽的"大伯"，用力杵着手杖，率领石邮傩班冲向镜头。笑脸、笑声，呃嗬嗬嗬嗬嗬；点赞、胜利，六六顺顺顺顺。这是橘子影视上石邮傩班2019年春节拜年的小视频，那由内而外发散的快乐与喜庆，不由让人浸染其中。

此行虽然没能再赴石邮村，但在新闻媒体的报道中，我看到了中国舞蹈家协会主席冯双白先生在石邮村为傩舞竖大拇指，他说，石邮傩舞反映了古代人民深刻思想意识的精髓，表现出健康、古朴、美好的人性人情，让人感受到了"真、善、美"的精神力量。人们在这美的视觉盛宴中获得了心灵的提升，并延续着精神与文化的传承。

再遇傩班，美好，欣然。

橘之乡

赵燕飞

秋高未必气爽。天上若有太阳，分分钟热得你喘不过气来。

当然，彼时的坐标在长沙。

等到下了高铁踏进抚州，再坐中巴来到南丰时，才发现自己竟与传说中的美妙秋天撞了个满怀。

也无风雨也无晴。苍穹之上，是深不可测的蔚蓝，纯净得令人生疑的蔚蓝。那么蓝的天，竟然没有一丝丝云彩。苍穹之下，马路的两旁，是一望无际的碧绿或黛青——应该都是橘子树吧。

前方不远处，站着一位身穿黄马甲的姑娘，马甲上印了四个红色的大字，有一个字被她的背包带子遮住了大半，难道是"世界锑都"？

世界锑都，那是我曾经生活工作多年的地方，我的父母至今仍住在那座湘中小城里。

迷糊只是刹那间。车窗外，闪过一块块招牌，最醒目的两个字便是"南丰"。原来，这里不是我那熟悉而遥远的小城，更不是梦境，这里是

"世界橘都",是南丰先生的南丰啊。

这是我第一次来南丰采风,没想到启动仪式安排在国礼园,没想到国礼园就是橘园,更没想到竟然还有早已列入国家级非物质文化遗产的傩戏表演。两位民间艺术家戴着面具上了台。他们的面具都是笑脸,细长眼睛,弯弯的眉毛,唇角微微上扬,整张脸像是糊了一层结实的春风。他们上穿红底白花短袄,下系红底碎花裹裙。一位戴着帽子胡须飘飘,手里拄一根木拐杖。一位头顶发髻腮边还有俩酒窝,手里抱着一个小人偶。

旁边有人轻声议论:跳的是《傩公傩婆》。

在我看来,正在表演的哪里是傩公傩婆,分明就是住在我家隔壁的张爷爷和张奶奶换身衣服上了台。他们的儿子儿媳在外地工作,一年到头难得回家一次。这不,要过年了,儿子儿媳总算回来了,不到1岁的小孙子也回来了。张奶奶抢先抱走了小孙子,心肝宝贝地搂了大半天,张爷爷不乐意了,一边嚷嚷着也要抱一抱。张奶奶只好将孙子递给张爷爷,顺手接过了张爷爷的木拐杖。老两口头抵头,一起逗着可爱的小孙子……

这样的温馨场景,完全刷新了我对傩戏的认识。

我的老家,至今流传着与蚩尤有关的神话故事,那是梅山文化的源头。梅山一带也有跳傩的传统。只因少小离家,我对老家的傩戏知之甚少。近几年倒是观看过一些傩戏表演,感觉除了原始与质朴,就是只可意会而无法言传的神秘了。像《傩公傩婆》这般亲切得如同街坊邻居日常生活的跳傩,与傩戏诞生之初的驱鬼避疫相比,简直就是脱胎换骨。

看着傩公傩婆略显笨拙的舞姿，我有一种强烈想要与他们一起共舞的冲动。

如果说傩戏《傩公傩婆》属于戏剧的初级阶段，那么，昆曲《牡丹亭》已经到达了某种巅峰状态。

"原来姹紫嫣红开遍，似这般都付与断井颓垣。良辰美景奈何天，赏心乐事谁家院？朝飞暮卷，云霞翠轩；雨丝风片，烟波画船。锦屏人忒看的这韶光贱！"这段"游园惊梦"，即便是在戏剧表演艺术日渐衰微的今天，也有着极高的知名度和辨识度。换句话说：知道中国戏剧的人，大多知道汤显祖；知道汤显祖的人，肯定听说过"临川四梦"；知道"临川四梦"的人，不可能不知《牡丹亭》；知道《牡丹亭》的人，如果连这段"游园惊梦"都没听过的话，那就……那就有点不可思议了。

临川即今天的抚州，南丰便是抚州辖地。抚州自古以来人杰地灵，像盛产橘子一样盛产才子，除了有着东方莎士比亚之称的戏剧大师汤显祖，还有晏殊、晏几道、王安石、曾巩等名垂青史的文学大师。作为抚州才子第一号人物，王安石在诗歌方面的成就自不必说，《梅花》《登飞来峰》等都是当今我国中小学生必背名篇，那首《元日》更是妇孺皆知。我却觉得"爆竹声中一岁除""总把新桃换旧符"之类的诗句未免失于平淡。相比之下，我更喜欢晏殊和晏几道的婉约风格。

作为婉约派的代表人物，晏氏父子留下了许多千古名句。"昨夜西风凋碧树，独上高楼，望尽天涯路""无可奈何花落去，似曾相识燕归来"……晏殊之词，语言清丽，意境悠远，读来思绪无穷。晏几道在诗歌方面的成就不在其父之下。我最喜欢他的"落花人独立，微雨燕双飞"(《临江仙》),虽是化自前人诗句,却有青出于蓝而胜于蓝之妙。

南丰才子曾巩的主要成就在散文,但亦能写诗,可惜其诗作所传不多,至于词,就更少了,我在网上只找到了一曲《赏南枝》:"暮冬天地闭,正柔木冻折,瑞雪飘飞……醉捻嗅,幽香更奇。倚阑干,仗何人去,嘱羌管休吹。"

将《赏南枝》从头至尾读了好几遍,也许是我水平有限,竟未品出多少妙处来。

2019年恰逢曾巩诞辰1000周年,位于南丰城郊的曾巩纪念馆吸引了大批学者和观光客,还有前来寻根问祖的曾氏后人。纪念馆内虽然没有多少属于南丰先生的实物,但展览形式丰富多样,通过视频投影、沙盘、雕塑、艺术场景、互动桌面等手段,全方位展示曾巩的家世、生平及其对后世的影响。

曾巩年少时就被称为天才,却一直熬到年近不惑才中举。他的文学才华颇得欧阳修与王安石的赏识。王安石与曾巩有着拐弯抹角的亲戚关系,他曾称赞"曾子文章众无有,水之江汉星之斗"。他俩最初是惺惺相惜的,可惜后来因政见不和而不复亲密,他们之间所谓的"始合终暌",也只能任后人评说了。

再来说说橘子。

南丰漫山遍野都是橘子。用当地文友的话来说,橘树是南丰唯一的经济作物。这话或许有点夸张,正如白发不可能三千丈,燕山雪花也不可能大如席,这种不讲道理的夸张偏偏最能打动人。

我喜欢南丰人对橘树的情有独钟。在我心里,橘树不仅可以结满

"国礼"，还能生长某些看不见摸不着却让人永远无法忘怀的东西。

站在国礼园的入口处，我又有了刹那的恍惚。这些橘子树，与外婆家的那些橘子树，是否有着同样的脉搏与呼吸？讲解员说，国礼园的橘子尚未成熟，如果再晚来七八天，就能吃到酸甜可口贵为国礼的南丰蜜橘了。

是的，它们还没准备好，它们青色的小脸藏着隐约的警惕。幸好来得不是时候，我可以理所当然地不去品尝它们。如果它们比外婆家的更香，如果它们比外婆家的更甜，或者，它们还不如外婆家的好吃……这种种如果，我都无法接受。

小时候，我最喜欢去外婆家玩，因为外婆家屋前屋后的果园总能带给我惊喜。桃子、枣子、李子、梨子、葡萄、板栗、枇杷……当然，最多的是橘子。外婆家东侧有一片很大的橘林，每一棵都属于外公外婆。可能因为太多的缘故，我觉得橘子的味道不如梨子甜，也不如枇杷香，有时还不太爱吃。只有到了过年的时候，外婆从铺了稻草的箩筐里拿出收藏了几个月的黄澄澄的橘子时，我和表哥表姐们才欢叫着扑过去争抢。如今，外公外婆的坟上，那一丛丛青草割了又生，生了又割。他们的橘子树兀自开花，兀自结果，却没有任何人去攀缘去采摘。

那个四季飘香的村庄，已经彻底安静下来了。

国礼园内，游人如织。女作家们姹紫嫣红的，在从头青到脚的橘树旁摆着各种各样的造型。所有的造型都很生动，因为橘树就是最忠实最美丽的背景。

我却躲闪着，不敢将自己的身影与那些橘子树一起定格。

相见不如怀念。

无凭无据的怀念，有时可以忽地一下钻进你的骨髓里去。

夜已深。秋风乍起。

雨，沙沙地走过窗前。

那一刻，我脑海里摇曳的，全是硕果累累的橘子树。不知它们来自哪里，也许是外婆家的橘林，也许是南丰的国礼园。

它们手之舞之，足之蹈之。

从青涩走向成熟的它们，是否和我一样，也想起了那两句诗：雨滴芭蕉赤，霜催橘子黄。逢君开口笑，何处有他乡……

南丰的橘

✍ 王　童

　　去江西南丰前，常听人说起，此地是蜜橘之乡。俗语言：三月有蜜橘，六七月有柑橘，八月有碰柑。南丰蜜橘以皮薄核少、汁多少渣、色泽金黄、甜酸适口、营养丰富而享誉古今中外，是柑橘中的精品、水果中的佳品，为"食之悦口、视之悦目、闻之悦鼻、誉之悦耳"的四悦水果。南丰蜜橘富含氨基酸、硒等40多种微量元素，自唐代开始就为皇室贡品。但中秋时节人来到南丰，虽见到满山遍野的橘树，却未见到橘香来到嘴边，甚有些遗憾。

　　细一打听，原来南丰蜜橘一般都是10月份左右成熟，10月中旬开始采摘。这时候蜜橘最好吃，味道十分甘甜。而我们来的时令，正是蜜橘还在孕育的时期。站立在枝叶茂密、树姿整齐的橘树前，有些不忍归去，便随手摘了几粒尚未成熟的小橘拿在鼻前嗅一嗅，也算解了皮日休所吟的"不为韩嫣金丸重，直是周王玉果圆"的津渴。故里在南丰的北宋文学家、史学家、政治家，唐宋八大家之一，清官好官的曾巩，在这山水间无处不落下他的痕迹。

他四方当官，历任齐州、襄州、洪州、福州、明州、亳州、沧州知州，卒于江宁府（今南京），南丰故乡或许是他若即若离之地。他的诗句"野草山花夹乱流，桥边旌旆影悠悠。即应要地无人见，可忍开时不出游"或许坦露了他某一时刻的心境。然他写香橙的诗句应也是另一种橘的印象了：家林香橙有两树，根缠铁钮凌坡陀……入苞岂数橘柚贱，芼鼎始足盐梅和。虽说这不是咏橘，但穿凿附会也许可解其中意。诗虽在写香橙，但仍不过是在寄念橘之情。

橘和柑虽说品种不同，但古人常把这两果合为一体而赞之。贡柑本也是同橘杂交出的品种。贡橘和贡柑都是贡皇家食用的上品。南丰蜜橘，历史上就以果色金黄、皮薄肉嫩、食不存渣、风味浓甜、芳香扑鼻而闻名中外。据《禹贡》记载，2000多年前，南丰蜜橘已被列为贡品。到宋元以后，蜜橘因其甘甜味美逐渐在南丰兴起。明正德年间的《建昌府志》正式把蜜橘的名称载入史册。根据日本高桥郁郎的描述，日本纪州蜜橘原产于我国长江沿岸，约在700年前南宋时期引种进日本，成为江户至明治时代日本柑橘的主要品种。记得当年日本影片《生死恋》的副导演曾回忆在列车上拍摄影片时，女主角栗原小卷纤白的手剥出一橘子优雅地递过来，平添了一丝诗意。这橘应就是漂洋过海来自南丰的品种。

乘船游弋在南丰县的傩湖、潭湖、军湖、琴湖上，四山夹波，映入湖水的山影也夹杂橘树的芳菲，而水波里的山影融进阳光中，在漫溢着，引人无限遐想。

南丰蜜橘，继古望今，早已成了这"蜜橘之乡"的主要致富产业：

1962年，南丰蜜橘被评为全国优质水果；1988年，南丰被确定为全国柑橘商品生产基地县；1995年南丰县被授予"中国南丰蜜橘之乡"称号；2003年，南丰蜜橘被认定为"绿色食品A级产品"；2004年9月27日，国家质检总局批准对"南丰蜜橘"实施地理标志产品保护；2006年，南丰县获得"食品安全地方政府突出贡献奖"；等等。现今，南丰蜜橘早已行销至全球40多个国家和地区。

橘农告诉我，每到结橘的季节，在外上学、打工的人也常回乡帮助收获，城里人也有自驾车来收购采摘的，好不欢喜热络。这南丰蜜橘适合种植于土层深1米以上、海拔400米以下、坡度小于25°、背风向阳、植被较丰富的缓坡山地，或土壤肥沃疏松、地下水位1.5米以下、排水通气良好的平地。选择根系发达、枝干粗壮、无病虫害、嫁接口愈合良好的良种壮苗种植。

或许正因为这特异的地质土壤及山水的滋润，南丰蜜橘才甘甜可口，食之唇舌生津。橘的皮晒干后又称陈皮，是一味清肝明目去火的中药，南丰蜜橘的皮经过加工也可成为这一灵丹妙药吧。有关蜜橘的传说与典故在当地有很多。如仙人吹仙气的传说：卖橘人筐里的橘子一个个向外飞，一直飞到南丰城西门外，见石佛菩萨的手指向水南村，才落了下来。从此，南丰县水南村开始有了橘子树。一传十，十传百，南丰就到处栽上了橘树。再有，斯大林称这橘为"橘中之王"，爱不释口，也是一例。

现今，两年一届的南丰国际蜜橘文化节是南丰县的一个重要节日，也是南丰县的一张亮丽名片。每到这个时候，南丰就成了蜜橘的世界、欢乐的海洋。这时节，人们举橘提香迎来送往，沉浸在喜悦之中。这刻的喜庆我们却无缘赶上，多有些不尽如人意。橘乡的人告知曰，留些期待更好，盼你们再来。

虽没有品尝到南丰的蜜橘，但果味已渗到了心间，望着层翠的橘树，我似已将树上垂下的蜜橘含在了口中，品味着。

东鲁家声远

✍ 高 振

当"东鲁家声远"这五个字进入眼帘的那一刹那,我的心头一热,乡情暖怀,泪水也溢出眼眶……这是"曾文定公祠"首门之联的左联,右联是"南丰世泽长"。我喃喃地重复着,目耕那一幅幅凝聚血缘的支脉迁徙、图腾繁衍的图文,内心的波澜激荡,澎湃起无限感想:木之有本欣欣而华茂兮,水之有源涓涓而流长兮;"人为本乎祖祖远而不忘祖"。

缅瞻宗祠,月读橘海。仰望苍穹,那颗璀璨的文曲星,点亮了中国散文的千古清辉。寻亲、访亲、探亲、认亲,相约千年,我庆幸这神奇的"老乡"际遇交会,沐浴了千年散文之灵光。朝辞临沂,夜宿南丰,是"千里迢迢"最好的诠释。遥想北宋熙宁四年,曾巩调任齐州(今济南),没有汽车、飞机和"复兴"号动车可乘,车马劳顿得几个月。由此可想象,曾巩仕政 7 州,宦游大江南北,晚年 12 年徙居无常,又有多少时间在风轻雨斜的沧桑古道上辗转,在高山流水的清音梵唱里游历。"曾巩"是这片清秀山水的厚赠，是中国文学史上一个不可或缺的杰出人物，他既是这座历史文化古城"南丰七曾"最亮丽的名片，又是"唐宋八大家"星群的一颗熠熠生辉的璀璨之星。

天赋神授。曾巩秉承家学，"生而警敏，读书数百言，脱口辄诵""窥六经之言与古今文章"，锐意进取，据仁依德，务为经世之学，他的散文《本源六经》，被人称为"六经之羽翼""孔门之文章"。"向来一瓣香，敬为曾南丰。"曾巩诞辰1000周年，全国散文名家荟萃"琴城"，祭祀"百代贤师，千秋醇儒"。采风悠闲从容，风情温润隽永。追根溯源，遥望千年复千年的历史时空，穿越遥远复遥远的"孔曾之乡，礼仪之邦"，洞见曾氏密码。曾氏乃夏禹之裔，少康中兴，封其次子曲烈公于鄫国，建都于向城，城址遗存于临沂市兰陵县的鄫城前村。鄫国领地，青山耸翠，崮峰如黛，仙气弥漫，灵气四溢。鄫国历经夏、商、周三代，一直到春秋时代才被莒国所灭，其同姓亲族被迫向四方迁徙，太子巫等臣民逃往鲁国南武城居住。为表达不忘先祖的决心，遂将鄫国的"鄫"字去掉"耳朵旁"，作为姓氏，于是便有了曾姓，也有了南丰曾氏笔下诗意的"东鲁家"。

慈德昭垂维四极，祥光普照育群生，天佑曾氏一家亲。寻根问祖，"南武城"是曾姓发源地，可饶有史趣的是古代典籍和"南武城"开了一个2000多年的历史玩笑，《史记》《括地志》《一统》《读史方舆纪要》都记载鲁国有两个"武城"，这就给曾氏血脉祖庭带来了经典的纠结传奇，这两个古老的"武城"，一个是现存临沂市平邑县魏庄乡的南武城，另一个是济宁市嘉祥县的武城。南武城故城遗址位于曾子山下，城遗址的西北、南两面有苍山、南城山、开明山为屏障，东、北两面有用黄土

夯筑的城墙，构成半圆形城郭，遗址东边有曾点墓和澹台灭明墓。根据《左传》等典籍记载以及南武城故城出土的巨型青铜弩机和大批青铜剑、戈、箭簇等兵器，可断定南武城就是春秋鲁襄公十九年筑的武城。早年它是平邑县第一批重点文物保护单位，2013年又被国务院核定为第七批全国重点文物保护单位。正本清源，平邑县为了捍卫曾子的"户籍"，与嘉祥争了600多年，直到人民教育出版社将2011年秋季新教材初中《语文》七年级上册对曾子的注释改为："春秋战国间鲁国南武城（现在山东平邑）人。"至此，《中国历史地图集》《中国百科大辞典》《辞海》和中学课本等权威出版物对曾子的籍贯说法一致，曾子故里又重新"回归"临沂。

梳析曾氏血脉之源，解读曾巩家世的文脉，就不得不说曾子及其老师孔子。天不生仲尼，万古如长夜。资生普润，天下归仁。临沂和孔子的关系非同一般，有地缘关系，又有亲缘关系。史料记载：孔子的曾祖父孔防叔，因故逃离宋国奔走鲁国，第一居住地并非曲阜，而是"防"，并且还担任了防邑大夫。春秋时期，鲁国有东防、西防。《左传·隐公九年》中"公会齐侯于防"，指的是东防。当代国学大师钱穆，对防邑也有过考证。他认为："鲁有东防、西防，防叔治所为东防（今临沂市兰山区）西北。"（钱穆《孔子传》第一章）。孔子的祖父、父亲都出生在防邑。孔子的父亲叔梁纥离开防邑到了曲阜。综上所述，孔氏家族的迁徙路线是旧都—防邑—曲阜，也就是从河南商丘，到了山东临沂，最后到了山东曲阜，所以说，临沂是孔子的祖籍地。在我的家乡，"孔子托孤"，乳妇皆知，耳熟能详。曾子和父亲曾点都拜孔子为师，师生山海情。孔子的儿子孔鲤英年早逝，孔子73岁临终托孤，把刚满5岁的孙子子思（孔伋）托付给27岁的曾子，曾子接举了中华文明的圣火，倾尽全部"儒能"，照亮"述圣"子思的人生。子思传递火炬，他的再传弟子传授于"亚圣"孟子。一代"宗圣"曾子，著《大学》，写《孝经》，主笔编制《论语》，上承孔子之道，下启思孟学派，以其毕生之力，推行儒家之道，主张以孝恕忠信为核心的儒家思想，他的修齐治平的政治观，内省、慎独的修养观，以孝为本的孝道观，至今仍具有极其宝贵的社会意义。曾子是孔子的正宗衣钵传人，没有他就没有儒学的文脉传承。所以说，圣人行化之邦、贤人钟毓之地的沂蒙，不仅是《论语》的摇篮、《大学》的讲坛、《孝经》的写作现场，还是儒学原生态的本源，更是儒家思想的传播之源。

收藏岁月，仁浸乡风。户对军山千支盛，门迎盱水万代兴。南丰曾氏从遥远的蒙山沂水间走来，氏族的世系演变、辈序字派以及族规家训都独宗祖道，树高千尺，唯有根深。千百年来，在祖德慈晖照耀下，生生不息……采一朵军峰山的紫霞，掬一泓盱江的碧乳，曾氏才乡群彦，守着一份仁爱，尊祖崇宗，弘儒扬道。

吾邦山水秀，雄丽冠江右。一首五言绝句，生发了诗画南丰。山村的浅秋，橘海耸翠闪金，桃源曾祠，佛烟缭绕。漫步盱江河畔，目光所及，触景暖心："唐宋八大家"的雕塑儒雅如生。一方映照着橘树的水池，生溢着千年墨香，那水面宛如墨绸，荡漾着《局事帖》的字迹；惠风和畅，波浪涌动生发的水语，礼赞曾巩的书法，冥冥天籁，萦绕耳畔……曾巩墓出土的抄手砚又清晰地浮现在眼前。相传这池是曾巩曾读书清洗笔砚之处，旁壁石岩雕刻着朱熹手迹"墨池"。沿碑文侧的石道而行，曲径通幽，直抵"读书岩"，岩亭内一曾巩坐像，一代才俊曾巩，手抚书卷，气定神闲，亲切地扑面而迎，让人眼神发光，心也跳动得厉害，就像看到了家里的长辈，由衷爱戴，鞠躬致敬。岩亭四周雕刻着赞誉"读书岩"的诗词："半壁石岩千秋胜迹，八家遗墨万古留名""亭前树影江边月，岩下书声石上泉"。这宜读、宜书、宜文、宜人的桃源胜境，养育了少年曾巩的追梦灵魂，也生发了治学至伟的文豪精神。曾巩的桃源"策论"时光，在流淌"古雅、平正、冲和"中留下了别样的读书情怀，奏出了邈远不绝的文辞悠扬。

"远色入江湖，烟波古临川。"宋至和二年，曾巩邀请弟弟游玩临川山水，他效仿王羲之"兰亭，修禊事也"，在"永和九年"那一场醉的味道里，写出了"翠幕管弦三市晚，画堂烟雨五峰秋"的著名诗句，也萌生了在曾家园的南边建造一个书院的念想。弘德泽民，赞化江右。"此地有崇山峻岭，茂林修竹，又有清流激湍，映带左右，引以为流觞曲水。"家园花木错落有致，讲堂、学馆、彩亭、后院次第排列，幽静文雅的生态环境，确是一个传道授业解惑的好地方。宋嘉祐元年，书院诞生的前夜，难以想象曾巩的心情，但有一点是不容置疑的，那就是起题院名之时，这个把祖籍刻在骨子里、将儒学融化在血液中的文人，肯定灵思联翩，想到了血脉之源曾子，也想到了文脉之源孔子，更想到了"东鲁家"。床前明月光，他思索良久，饱蘸激情展纸、磨墨、润笔，挥毫题名——"兴鲁书院"。这院名既具思乡念祖、尊曾崇儒的内涵，又具意在"上承曾子之家学，以继周公孔子之传者"的底蕴。不过，在素有"吴头楚尾，粤户闽庭"之称的赣鄱大地举办"兴鲁书院"，确是曾巩的大气魄、大手笔、大格局、大文化，让我这个晚生后学肃然起敬，深为惊叹，为他点一个大大的赞。驻足凝视，用雕塑饰展的"兴鲁书院"情景再现，倍感亲切，那一股乡恋之情恰似沂水拖蓝的暖流，奔涌心田，升腾临沂人的自豪感。当目光扫描桌面，那几册尘封的《论语》《大学》《孝经》，让人顿觉其熠熠生辉。由于曾巩在文坛上的重要影响，生徒众多，四方文名久负学者也都慕名而来。师生相遇，是两颗心灵的碰撞，好老师一定是被学生成就的，好学生主要是看以什么样的老师为最高标准。曾巩一生致力于"宗经明道"，崇德尚贤，博观约取。他极嗜藏书，广览博收，家藏古籍2万余册，收集金石篆刻500卷，为求学者提供丰富的学习资料。其时曾巩虽然功名不显，但他的学问及思想都是出自儒家经典，他的文章也早已炉火纯青，深得文坛领袖欧阳修的褒奖。世人称其"大儒""真儒"。曾巩重视师道，办学态度非常严肃，亲自制定了严格的学规并任教席，"讲求训厉之方"，阐述"师友以解其惑，劝惩以勉其进，戒其不率"，指出："至于学官，其能明于教率，而详于考察，有得人之称，则待以信赏。若训授无方，而取舍之实，亦将论其罚焉。"他治学严谨，亲自讲学，所有教材都亲自校对，还经常邀请欧阳修、王安石等知名学者莅院讲学，很多的文人学士也不时来书院会讲，极大地提高了书院的知名度，兴鲁书院成为江西著名书院。

曾巩教书育人的同时，广泛涉猎，扎实治学。他主张"文以明道"，先道后文，文道结合，强调"仁"和"致诚"，认为只要按照"中庸之道"虚心自省、正诚修身就能认识世界和主宰世界，以圣贤为师者，方能立足于天地之间。嘉祐二年他与弟弟曾布、曾牟，从弟曾阜，妹夫王无咎、王彦深共6人同时及第，这在科举史上也极为少有。一门同榜六进士，轰动朝野，创造了传颂千古的"六子登科"的奇迹。北宋时期曾氏一门及第的进士多达51名，"曾氏七子"以品节、文章名冠古今，被

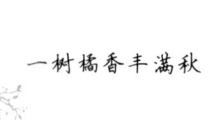

后人传为佳话。现在，临川六中还保存着"兴鲁书院"的遗址，书院南边的路，也称作"兴鲁坊路"。

抚州，是一个有文有书的城市。漫步曾巩大道，常常惊叹，为何文化思想之光能如群星璀璨？是激发了先人的智慧，还是点燃了潜播的火种？抚州俊采星驰、巨公辈出。"邺水朱华，光照临川之笔。"我的老乡王羲之及他的外孙女之子谢灵运，还有鲍照和颜真卿都曾宦游临川。抚州城东的文昌桥头，在那清幽雅致的环境里，遗存一长方形的水池，史料记载：是王羲之任临川太守时临池练字洗笔砚留下的胜迹，州学建在池畔。庆历八年，州学教授王盛为彰显墨池胜景，题写"晋王右军墨池"，并请曾巩记之。曾巩非常钦慕王羲之，用心、用情、用地缘、用儒脉、用贴心的文学智慧写下了让散文生辉的《墨池记》。读之感喟：文短意深，超出了记叙古迹的范畴，成为寓意深邃的"劝学篇"。无独有偶，至和三年，抚州官员聂厚载、林慥为纪念抚州刺史颜真卿修建了祠堂，并请曾巩作记。颜真卿富贵不淫、贫贱不移、威武不屈，取义成仁。曾巩十分仰慕颜真卿，且他与颜鲁公的精神同频共振，不禁欣然提笔。《抚州颜鲁公祠堂记》气势遒劲，字里行间充满忠孝浩然正气。宋元嘉中，临川王刘义庆"招聚文学之士，近远必至"，我老乡鲍照以辞章之美而被看重，遂引为"佐史国臣"。"上挽曹、刘之逸步，下开李、杜之先鞭"的鲍照与我的另一位老乡"复圣"颜回的后人颜延之及临川内史谢灵运合称"元嘉三大家"。谢灵运是山水诗派鼻祖，与颜延之齐名，并称"颜谢"。诗仙李白、诗圣杜甫等诸大家都曾取法于"元嘉三大家"。杜甫《春日忆李白》诗中的"俊逸鲍参军"，就是赞美李白的诗有鲍照的俊逸风格。李白对谢灵运颇为推崇，曾有"吾人咏歌，独惭康乐"之句，他还在《留别金陵诸公》中写道："地扇邹鲁学，诗腾颜谢名。"星耀文昌，才子蹭蹬。我无法"策论"王羲之、鲍照、谢灵运、颜真卿等"众乡亲"对曾巩诗文、书法的影响，但众所周知，曾巩的《局事帖》被选录于《唐宋八大家全集》。幸天助贤者，神物护持，这封书信迭经千百年人间沧桑，经历代有识者的鉴定递藏，居然尚能保存在天壤之间，为"盛世书画"绽放奇绝逸彩。这件千年遗珍、人间孤本124个字，以2.07亿元的价格被爱者收藏，每个字平均价值167万元，成为我国最贵的三件国宝级书法作品之一。另一件就是曾巩《墨池记》中的主人——书圣王羲之的草书《平安帖》，全文仅有41字，藏家以一字750万元的价格购得。人以文显，书以物传。这不禁让人联想：如若文、书双绝的《墨池记》《抚州颜鲁公祠堂记》问世，抚州、临沂又会有怎样的乡情"爆炸"？

"曾子文章众无有，水之江汉星之斗。"曾巩如星，星光朗照千年，灿映"东鲁家"。他的散文、书法似光，光而不耀，清辉照拂"兴鲁书院"。那"兴鲁坊路"的灯光，闪烁着崇祖智慧，点燃了灵魂。这些千年桑梓之情，如浴如洗，纤尘不染，圣洁、高雅地悬在我的额顶……千年曾巩，远去了，又走近了，那长长的伟岸身影，叠射着"众乡亲"的光芒，而最亮点是曾孔……

抚州寻梦

✍ 朱佩君

秋日的南丰，阳光温暖，惠风轻柔，湛蓝的天空白云悠悠。目光所及，总令人赞不绝口。无论是承载着千年历史的国家级非物质文化遗产南丰傩舞，还是那甜香溢口有着丰富故事的南丰蜜橘，或是那碧绿清澈的大自然氧吧潭湖，都带有一种别样的情致，蕴含着诗一般的意境和韵味。在我内心深处，却是那挥之不去的绵绵情思，它带我走进橘香四溢的千年不老村庄——曾巩故里，去探访我心目中的南丰先生的前世今生。

曾巩何许人也？他是北宋文学家、史学家、政治家，也是唐宋八大家之一。

我走进曾巩故居，看到一群忙碌的人们正在打扫庭院，原来是曾家后代刚刚做完祭祀祖先的仪式。稍事片刻，我便在导游小姐的引导下走进文墨气息浓郁的曾家大院，聆听曾巩那鲜为人知的历史故事。

曾巩出身儒学世家，其祖父和父亲都是北宋的名臣，他天资聪慧，记忆超群，12岁就能够写文章了。曾巩在文学方面成就斐然，是唐宋八大家之一，被世人称为"南丰先生"。除此之外，曾巩还喜欢结交好友，并且对朋友很真诚。在他尚未得中进士之时就向欧阳修大力举荐好友王安石，后又在神宗面前夸赞王安石，这得有多么大的胸怀啊！

纵观曾巩一生：他为人刚正不阿，正直宽厚，襟怀坦荡；为政时廉洁奉公，勤于政事，关心民众疾苦，打匪除恶，奖罚分明，为老百姓做实事；他的散文记事翔实而有情致，论理切题而又生动，著名的《墨池记》《越州赵公救灾记》等作品，堪称散文的鼻祖，诗歌《城南》《咏柳》等作品风格质朴，精深工密，形象鲜明，称得上宋代近体诗中的写景佳作。他的传世书法孤品《局事帖》，共124字，竟然拍出两亿多元的天价。

至于曾巩的文学成就有多么高、书法作品为何价值连城等，自有专家去评说。我自知才疏学浅，不敢妄加评论。于我而言，他刚正不阿的性格，他不同俗流的耿直风骨，以及他在道德修养上的自我约束，都时时刻刻触动着我的内心。

从南丰到抚州，短暂而又宝贵的三天时间，我们收获了知识，凝聚了友情。情到深处，我总想用歌声去表达内心的喜悦。一路边走边唱，带着大西北的秦韵秦声我来到了此行最期待的地方——汤显祖纪念馆。

"汤显祖是明代的戏剧家、文学家。他出身书香门第，不仅精通古文诗词，而且通晓天文地理、医药卜筮。他做官时政绩斐然，却为人性格耿直，看不惯官僚腐败，直言上奏而令皇上震怒，便被贬到浙江遂昌县去任知县，又因压制豪强，触怒权贵而招上司非议和地方势力反对，最终愤而弃官回到故里，潜心于戏剧及诗文创作。"讲解员小田如数家珍地介绍着……我听得认真，观察得仔细，不觉间，心已渐渐走进他的

世界……

　　这里环境优美，古朴雅致，馆藏丰富，格调高雅，集中介绍汤显祖一生的政绩以及他的艺术创作成就。素有"东方莎士比亚"之称的汤显祖一生创作了"临川四梦"等作品，其中最著名的当数《牡丹亭》了。

　　在这里，杜丽娘和柳梦梅的爱情故事被永久地传颂。不管是爬满绿色藤蔓的院墙，还是那雕梁画栋的亭台楼阁，抑或是那幽静清雅的竹林，还有那荷塘里出泥不染的荷花，都在静谧的时光里留存着历史的温度，让我仿佛感受着古时的风花雪月。

　　走过庭院，穿过长廊，我仿佛跨越千年，渐渐地走入那柳绿花红……"原来姹紫嫣红开遍，似这般都付与断井颓垣。良辰美景奈何天，赏心乐事谁家院？朝飞暮卷，云霞翠轩，雨丝风片，烟波画船。锦屏人忒看这韶光溅！"那熟悉的经典名段仿佛响于耳际……我轻移莲步，柔摆柳腰，做一副腼腆含羞的情态，轻轻地一抖袖，表现出一番思怨缱绻……"小鸟不住檐前叫，比翼双飞绕树梢……金鱼金鱼真堪羡，成双成对水面玩，心中暗把佳期盼……"我不由得轻吟浅唱，将秦腔经典剧目《火焰驹·表花》带到了南方这幽静雅致的庭院，给令人敬仰的汤翁做一次汇报表演。我全情投入的表演引来在场作家们的围观，大家纷纷叫好，热烈的掌声再次将我的梦想点燃。

　　我崇拜汤显祖，欣赏他心灵深处无拘无束的自由世界和他那至情至性的最佳境界。正因为有这样的格局，汤显祖才写出了"情不知所起，一往而深，生者可以死，死可以生。生而不可与死，死而不可复生者，皆非情之至也"这样动人心魄的千古绝句。《牡丹亭》主要描写了官家千金杜丽娘对梦中书生柳梦梅倾心相爱，竟伤情而死，化为魂魄寻找现实中的爱人，人鬼相恋，最后起死回生，终于与柳梦梅永结同心的故事，写的是至情。《紫钗记》讲述的是才子李益与霍小玉历经磨难，最终共结连理的感人故事。这也是汤显祖"临川四梦"中的第一梦，此梦说的是侠情。再看看他的《南柯记》，话说书生淳于梦在梦中来到了大槐安国，被召为驸马，和瑶芳公主成婚。淳于梦后来当了南柯太守，很有政绩。不久外族入侵，公主受惊，不幸死亡。淳于梦被遣回乡，于是大梦方醒，从此皈依佛道。此南柯一梦，讲的是佛情。在《邯郸记》里，那个叫卢生的人在梦中娶了有财有势的妻子崔氏，中了状元，为朝廷建立了功勋。奸臣宇文融虽然不断地算计、陷害他，但奸臣最终被杀。卢生做了20年宰相，享尽了荣华富贵。后来睡醒，他才知道是一场黄粱美梦。此梦说的是道情。所以说汤显祖就是因情生梦，由梦生戏。这就是汤显祖的四梦四情。

戏如人生，人生如戏，情与梦的交织，不管如何演绎，"临川四梦"不仅让后世人看到了瑰丽华美的文辞的魅力，更是彰显着汤显祖的精神世界。曲折离奇的事物不在梦里，它就在现实生活之中。

好的作品不会因为年代的更迭和岁月的变迁而流失，它温暖而有力，它善解人意，触碰灵魂。它的经典形象和情感体验陪伴一代又一代戏剧人的迅速成长。

应当说，抚州是一个有诗歌、有故事、有文章、有梦想的地方。我到此来寻梦，亦来圆梦。那花团锦簇的舞台、华美雅致的妆容、慷慨激昂的音律，还有那余音绕梁的汉韵秦声……是否又将成为我新梦开始的地方……

致曾巩：江西的颜色

✍ 王晓君

南丰先生：

很久没有给谁写信了。

很久也不想给谁写信了。

我不知道为什么，从南丰回来之后，一直就想给您写信，这是我曾经引以为傲的书写方式，它让我仅仅面对我自己，只面对我自己，想说什么就说什么，完全不用顾忌他人的感受。我甚至可以不去想您怎么想，就只想我自己。这或许就是我向您的倾诉。

相比较而言，曾巩和南丰先生这两个称谓，我更喜欢后者。仅仅从字面来看，前两个字读着感觉古板生硬；从发音上来说，也不顺畅，拗口。从字义来说，曾，是姓，但是"巩"让我一下子想到了"巩固"，继而联想，您应该是一个有着宽阔面孔体态结实的人。实际恰恰相反。世称"南丰先生"的您，身姿是清瘦硬朗的，内心是坚贞高傲的，经历是曲折艰辛的，眼神是清澈超脱的，举止是飘逸洒脱的，这是我心目中的您。

　　江西之行，因为来去匆匆，所留下的影像都是碎片的，但是每一个影像都独一无二不可替代。南丰的橘子，盱江的水，一个世界闻名，一个穿越千年。当我有时间回忆这次旅行的时候，我想到了其他一些地方。

　　人这一生，有很多向往的地方，江河湖海，名山大川，有的仅仅是想想，有的是一定要去抵达。比如九寨沟，我见过一眼它的水，那是从友人旅游归来拍摄的照片上，听过一首容中尔甲的《神奇的九寨》，就下定决心一定要去身临其境地感受一次。还有拉萨的布达拉宫、浙江的乌镇、吉林的长白山……好在这些地方都一一实现了，虽然都不同程度地留下了遗憾。

　　江西是那种仅仅是想想的地方。说来不怕得罪您，它始于童年也止于童年。我小学学校的名字叫井冈山，由此知道井冈山是革命根据地，在江西。后来学校改名了，改成了文化小学，但是每次向别人报校名的时候，末了总是要补充一句：我们以前叫井冈山小学。现在回想起来，那个时候江西在我的眼中，就两个颜色：绿色是解放军战士的服装；红色是旗帜，还有解放军战士为国捐躯的血。

　　后来的江西因为景德镇的瓷器增添了新的颜色。在北京，只要是卖瓷器的地方，老板都要提到景德镇：这可是江西景德镇的瓷器啊。这时江西的颜色变成了五颜六色的。虽说它是世界闻名，但于我而言也是可看可不看、可有可无的。天下那么多的好地方、好物件，你看得过来买得过来吗！

　　景德镇对于我，其实是个多余的奢侈品。

没有想到，我的人生旅程中真的会有一天落足江西，不是探亲访友也不是旅游度假，而是去您的家乡参加您的千年祭祀典礼。而我对您的了解，仅限于唐宋八大家之一这一身份。对您的作品，我一无所知。对您的身世，我也是一无所知。对于南丰县这个地方，我就更是闻所未闻了。

飞机上午在北京起飞，中午降落在昌北机场。金秋九月的南昌，气温好像还停留在盛夏。而我的心情，是平淡的，对南丰，既没有想象也没有期望。

大巴车把我们送到南丰县城时已经是夜幕低垂华灯初上，可能是因为我太饿了所以我的目光总落在饭店的牌匾上，后来很快就发现南丰的饭店名字和其他我去过的所有地方都不一样，每一个都让我感到奇怪，因为太饿了，所以记忆也一样落后了，只记着有一个叫冰冻三尺，因为它太离谱了，都冰冻三尺了，还要吃饭吗？

而等我在酒店的餐厅填饱了无比饥饿的肚子回到房间，时间已过8点。我努力抗拒着疲劳从活动组送来的资料中开始翻阅您，此番南丰之行我们可是带着使命来的，我必须了解您。

桌上摆着一套丛书，是由江西人民出版社出版的，这是您的故乡为您诞辰千年送上的礼物，丛书由研究者们从您的诗、文、传记、家族、年谱、生平事迹等方面着手，根据史料记载编著而成。其中有关于您的故事、您的家族、您的政治思想研究、您的散文考论等一共8本，旨在全方位地向读者展示您的整体形象。

在那8本书中，我首选的是"您的故事"，在目录中挑着读，"荣亲园"的故事对我撼动很大，没有想到您的曾祖母是一位那么伟大的女性，她60寿诞，您在外地做官的祖父告假回来给母亲祝寿，亲友们看到他骑着一匹瘦马只带着一位仆人，酒宴也没有特别之处，族叔祖在宴席上当众奚落，而您曾祖母竟微微一笑，说道："我儿为官贫穷，是我的荣耀啊！如果他骑着高头大骊，穿着鲜亮的衣服，带着财货回家，这可不是我平日所教导的！"您从祖母口中听到这个故事的时候尚且年幼，但是"为官而贫"这四个字却在您心中打下了深深的烙印。在后来的为官生涯中，您也一直是这么践行的。

您一生遇到的最重要的人物就是欧阳修，在您的故事中，欧阳修对您的影响无处不在，几乎贯穿了您的一生。以你们两个人的故事为主线的有"京城拜谒欧阳修""京城拜别欧阳修""滁州拜见欧阳修""欧公饯行"等，直到最后"悼念欧公"，这是怎样的赏识，这是怎样的情谊，这是怎样的知己，这又是怎样的分离，这是怎样的痛彻心扉、痛不欲生。那篇您用了一天的时间含泪泣血写下的悼文真真是让我，每读每无不为之深感悲痛。

还有"迎娶爱妻晁文柔"，这也是一段千古奇缘，又是欧阳修做的媒人，在一个早婚的朝代，通过欧阳修的引荐，已经34岁依然未婚的您，凭着自己的才华让一个官宦人家的千金走进您的寒舍，过起了牛郎织女的田间生活，苦度春秋，无怨无悔。如此真挚的感情、美好的生活居然在第12个年头戛然而止。12年的相守12年的恩爱，她的病逝，日后成了您最痛的记忆。"有仁孝之行，勤俭之德""我扶我翼""清泪昏我眼，沉忧回我肠"，她是多么好的女人，您又是承受了多少痛的男人。

那天，指引我看这些故事的有三句话，一个是和您同时代的北宋文坛领袖人物欧阳修，他说"过吾门者千百人，独于得生为喜"，另外一

个是文学家、改革家王安石,他说"曾子文章众无有,水之江汉星之斗",第三个就是我国现代文学大家钱锺书,他在《宋诗选注》中这样评价您:"远比苏洵、苏辙好,七绝有王安石的风致。"而在那之前,我们读了多少"苏书",已经认为他们是好极的了。

那天在南丰,我看完这几个故事,夜已经很深了。南丰县城,我住的酒店,那时沐浴在一片昏暗的灯光之中,我忍不住,我还是忍不住把我的双脚伸向了窗外的夜色里,那地上的土,那天上的风,那是北宋的风,风和土的味道是不会变的。

第二天,怀着朝圣的心情乘车来到您纪念馆的广场上,参加了南丰县政府为您举办的隆重的千年祭祀典礼。我们这支队伍一行31人,来自祖国的四面八方,我们至少有一个共同点,那就是爱文学。我们去得已经是很早了,但是比我们更早的还有很多很多人。人们在这里吟诗,在这里歌唱,在这里静默。

南丰人的脸上比我们多出的一份十分明显的表情,就是骄傲和自豪。唐宋八大家,江西占了三位,这是多么光彩和荣耀。

参加完您的千年祭祀典礼,参观完纪念馆,告别的时候,我在写有《墨池记》的那面墙上,拍下了与您的第一张合影。最后,斗胆借用您谒李白墓的最后一句——"顾我自惭才力薄,欲将何物吊前贤?"作为这封信的结束语。

千年一瓣香

申瑞瑾

一

我少年时代住在县政府大院。去食堂的小径,左侧是一排排办公楼,右侧有一幢南北向的两层砖楼,是组织部档案室。我家在小路起点右侧。一堵围墙,隔开了小院与小橘园,也隔离了小院与小路。春天的橘花香,常恣意钻进小院。而深秋,我总从院墙的小门右折,沿院墙一路小跑,趁人不备就闪进橘园。

橘园估摸着就十几二十几株橘树吧,我惊讶于橘树与我童年见过的没啥两样,橘子却为啥玲珑得像小灯笼。偷摘几颗揣进裤兜里,它们都出卖不了我。袖珍、金黄,扁圆,拿回家把玩半天,闻着有异香,剥开一颗:皮薄,瓣细,呀!那个甘甜,入口便再也难忘。父亲当年在政府办管后勤,说那是南丰蜜橘。

我家在小院住了四五年。搬离后,就鲜有机会再走那条小径。有一

年我去组织部档案室办事,发现橘园处新起了办公楼。而橘树是被移植还是被砍掉了,我都顾不上问。我对早熟的宫川、中熟的尾张及本土朱红橘都熟稔得如同老友。而南丰蜜橘,为何像一道闪电,划过我少年的心房后就消失不见?

多少年来,每逢橘子上市,我都会到街上溜一圈,想寻找它,却再也没见过。早些年,偶然碰到卖家自称是南丰橘的,那橘子个头大些,皮厚些,也绝非少年时的味道。

这几年怀化市场开始出现南丰蜜橘,还有跟它有些分不清的砂糖橘。前些天路过对面的水果店看到了它,问年轻的女店员,这是南丰蜜橘吧?她很冷漠:不,是砂糖橘。我说,这明明是南丰蜜橘呀。她还是面无表情:是砂糖橘!砂糖橘甜得很没个性,而南丰蜜橘有独特的口感。我本想试试,但她那张冷脸,让我却步。两天后,麻阳婆菜店有南丰蜜橘了。我不放心:是南丰蜜橘吧?麻阳婆说,对呀!又问,哪里产的?她说,麻阳。我是明知故问,几年了,她店里卖的不都是麻阳的吗?但我潜意识里大概想听到"溆浦"两个字吧。有位老妇人凑过来,拈起一个橘子左看右看,问我,好不好吃?我忙道,好得不得了。说罢,我取了个大塑料袋,一买5斤。老妇人看我这个架势,便蹲下来挑橘子。不一会儿,篓子见了底,而旁边的本地蜜橘无人问津。

前不久受中国散文学会之邀,去江西南丰参加曾巩诞辰千年纪念活动。我第一个反应是,曾巩,唐宋八大家之一。

有人说,这时节去,说不定可以尝到南丰蜜橘了。

南丰蜜橘!南丰!像地下党突然接上头对上暗号,又像找到了失散多年的老友,我心里那个高兴啊。

每去一处陌生地前，我喜欢打开电子地图，向地图打听一座城、一道山或一条河流，这样便能在宏观与微观间，打量生疏的他乡。

在雩山与武夷山之间有一道狭长的河谷，一条逶迤北去的河流。南丰，就在峡谷间，河两岸。河流在广昌被称旴江，在南丰与南城叫盱江，到临川易名抚河。有三个名字的小河一路北奔，入湖，进江，赴海，携走千古事与万古愁。

抵达南丰当晚，我提及南丰蜜橘。有文友提议下楼买酒，看有没有橘子。本地文友说，11月上旬橘子才成熟呢。我们全都"呀"了一声，她又忙安慰说会安排参观橘园的，南丰漫山遍野都是南丰蜜橘呢。买酒归来的文友拎着两塑料袋东西：来，大家尝尝，南丰蜜橘！我来不及狂喜，迅速抓出一枚，诧异道，长得不一样呀？本地人笑道，不是还没熟嘛。

青果不易剥开，硬邦邦，圆滚滚，像还没长开的孩子。奇妙的是，它与普通蜜橘的青果不同，不仅毫无酸涩感，还甜。只是那种甜，是怯生生的甜，与熟果恣意的甘甜完全是两码事。

次日上午开幕式一结束，我简直是飞奔入国礼园。橘叶正绿，远处青山隐隐，天蓝得清透。霎时间，像回到了少年的橘园。当地人说，南丰政府精准扶贫，早已让南丰蜜橘插上电商的翅膀，飞到天南海北。

我就在想，我的出生地，早年有"湘西乌克兰"美称的溆浦，和南丰差不多的纬度，有着宜橘的酸性土壤，为何不大力移植南丰蜜橘呢？

临出橘园前，北方文友寻到一株果子略微泛黄的橘树。我有些心虚，回头问陪同者可以摘吗？人家只好笑道，没事没事，还指着向阳处说，当阳的才好吃。大家分享摘下的果，欢声连连：好好吃啊！

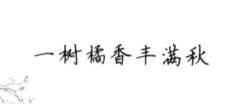

只有我和南丰人知道，成熟了的南丰蜜橘，那才叫好吃呢。那是在南丰酝酿了千年的香呀。

二

南丰第一夜，就着一壶老白茶，我从东道主赠送的书籍里随手抽出《曾巩的故事》。读着读着，一幅幅画面映入眼帘。

前街有一幢老宅，门宇轩昂，前堂五进。老宅周围立着几株缀满小青果的橘树。家人正出出进进，忙上忙下。东门外的码头，一位40岁上下的中年男子急匆匆地下了船，问来接他的家人：生了？家人说，嗯嗯，生了个儿子！男子笑了：二儿子生了，好！好！

踏进老宅，他即刻奔往卧室。虚弱的续弦吴氏正躺在床上，与捧着婴儿的母亲周氏有一句没一句聊着。问候过吴氏，他喜滋滋接过母亲手里的孩子。孩子眉眼与自己一个模子，他乐了。

那是天禧三年农历八月二十五日。老宅叫密公宅，新生儿即曾巩。时任临川县尉的父亲叫曾易占。

曾巩6岁那年，父亲中了进士。5岁时他在临川启蒙读书；13岁在泰州如皋中禅寺读书习墨，在放生池里洗钵；15岁在上饶玉山的私塾里发愤苦读……景祐三年，曾易占在玉山被诬告丢了官。第二年曾巩随父归乡，可南丰回不去了，祖屋与田土早已易主。曾巩祖母周氏说，咱们曾家亲人多居临川，你们干脆留在临川吧……

清晨，南丰城初露微光。我翻开《曾氏家族》。

唐乾符二年，曾洪立受命来南丰当县令。树大分权后，长子定居南城水口，次子定居崇仁藤山，唯留三子曾延铎随他定居南丰，成了地地道道的南丰人。

曾致尧，曾延铎的孙子，曾巩的祖父，北宋开国后南丰第一位进士。正史、野史上都写了他，其文采斐然，性格刚率，妥妥的清官。

其五子曾易占被罢官后，曾家迅速赤贫。虽为名门望族，家大，业并不大。曾易占先后娶了三房，生有五子十女。他分到的祖产本来少，再丢了谋生的饭碗，还得遵循"为官而贫"的祖训，家境窘迫是自然。

庆历七年，曾易占终于恢复官职，赴京途中不幸客死异乡。曾家上上下下空欢喜了一场。曾巩明白，体弱的大哥自顾不暇，他得独自承担起家庭重任。

第二年，洪州太守刘沆获悉了曾家困难，有心帮曾巩。他斟酌再三，写了封信，约曾巩到洪州做客。曾巩来了，不卑不亢，文雅羸弱，刘沆顿生怜惜。他不知怎样才能不伤到这个年轻人，嘘寒问暖，聊聊文学，最后才切入正题说："我钦佩你有担当，有气节，你总有一日会出人头地，只是衣食之累不解决，诗书之勤终难持久！"曾巩明白了刘沆的本意，意外而感动，但还是婉拒："谢谢大人，天无绝人之路，我会想办法的。"刘沆劝道："你若忙于生计而停止进修道德学业和写作，就太可惜了。你不如带母亲和弟妹回南丰，用这笔款子买屋买田。你们本是耕读世家，边躬耕边带弟妹读书吧。"曾巩再也无法拒绝，含泪跪谢刘沆，接过了馈赠。

距县城10里路的洗马桥下，南涧轻快流过。北岸，山南，一块叫南源的田土，被曾巩买下来。在山下又建了一栋陋屋，屋前屋后植了两株橙树、两株柚子树，还有几株南丰蜜橘。从此，"我亦有菑田，相望在阡陌"。

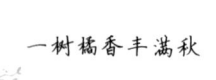

一年春天，曾巩站在刚打苞的橘柚树面前，突发感慨："入苞岂数橘柚贱，芼鼎始足盐梅和。"

橘花开了10年，橘子红了10年。10年南源耕读，曾巩终没忘欧阳修的"鼓励其志，坚其守，广其学"，更不忘写信给刘沆："在甘旨有毫发之助，于子弟乃丘山之恩。"

命运总会关照心纯且心怀大志的人。曾巩的人品与文品，让他总遇贵人。欧阳修是他的贵人，刘沆也是。而他，终不辜负这些贵人。

三

大巴驱车十几公里，到达洽湾镇渣坑村。曾氏祠堂前方的小河，正静静北去，下午的阳光从河对岸的上空强扫下来，我确定祠堂在盱江右岸。

祠堂侧门镌着一副对联：东鲁家声远，南丰世泽长。东鲁是曾子（曾参）的家乡，对联昭示着，曾子是曾巩的远祖。祠堂有三进：门楼中匾高悬"慎终追远"；中楼为曾巩特祠，供奉着曾巩像，匾题"明德堂"；最里面为曾氏总祠，匾题"三省堂"。我不由得想起曾巩的一句话："家世为儒，故不业他。"

南丰曾氏传承着数千年的良好家风：曾子的"孝道""修身"，曾致尧的"秋雨名家"，曾巩的"蓄道德能文章""正己而治人"，都以儒家为宗、忠孝为本，修身立世。而两宋时期，南丰曾家光进士就考取50多人，在朝为官者逾百人，足以说明这是一个名门望族。

盱江右岸的读书岩，周围橘林密布，鸟语花香。右下侧一泓清泉流过，曾巩兄弟洗过的笔砚墨香早随流水入江入湖，散落天涯。唯有南宋朱熹留在石壁上的"书岩"、池边石碑上的"墨池"手迹，永远留了下来。

读书岩西侧的曾巩纪念馆红墙青瓦、曲径通幽。在馆内寻古，隐约听到岩上传来琅琅书声，时常夹杂花香、果香或者墨香与书香。

曾巩从出生到去世，每一年，相关历史背景、他的行踪，都被《曾巩年谱》里的寥寥数语简单细微地勾勒出来。千年之后，我在故纸堆里寻曾巩，恍若身在当时。《曾巩年谱》权威记载："景祐三年，四月，诏权停贡举。"这意味着，民间传说18岁曾巩首次科考落败，与王安石始逢京城的故事，皆为杜撰。

《曾巩年谱》也打开了大宋王朝的一张文人交往图。

军事上"积弱"、经济上"积贫"的北宋，科技之发达、文化之昌盛及艺术之繁荣，都是让人惊叹的。开国皇帝赵匡胤重文轻武，但他觉得文官再坏，最多贪点钱，武官坏起来，足可乱天下。

生活在北宋的文人是幸福的。

唐宋八大家里，北宋六位之间都有千丝万缕的关系。其中五位与嘉祐二年开春的那场科考有关：主考官欧阳修，同中进士的苏轼、苏辙及曾巩，陪俩公子赴考的苏洵。而曾巩带着弟弟、妹夫，一门同榜中了6位进士。

早早入仕的那一位，是临川人王安石。他是南丰曾巩的至交，与眉州苏轼相爱相杀了一生。

后人所绘的一张北宋文人金字塔图。塔尖为晏殊，王安石的前辈兼同乡，著名婉约派词人，曾官至宰相。他提携过范仲淹，在范被诬陷时，仗义上书，申辩"仲淹素直"；又一路提携欧阳修，对王安石也极

为赏识。而范仲淹与欧阳修为多年至交。欧阳修最器重弟子曾巩，还发现了苏轼、苏辙兄弟。其与苏洵也是老朋友。曾巩与王安石、苏辙皆姻亲……

庆历元年秋日，汴京，两个进京赶考的年轻人在一家小酒馆初遇，把酒言欢。这是曾巩与王安石的初遇。"忆昨走京尘，衡门始相识。"二人自小各自随父在外宦游，虽为姻亲，之前无缘谋面。这一遇，撮合了一对千古知己。王安石盛赞："曾子文章众无有，水之江汉星之斗。"曾巩也道："朱弦任尘埃，谁是知音者。"

曾巩算起来是王安石远房表舅。之后亲上加亲，王安石弟弟王安国娶了曾巩三妹。"始合终睽"只是史学家眼中的他俩，事实上并非如此。

庆历二年的科考，王安石喜中进士，曾氏兄弟遗憾落第。曾巩纵然落寞，也格外欣喜，因为他拜见了久慕的欧阳修。古道热肠的欧阳修喜欢曾巩的"稳"，喜欢曾巩的好学与坚韧，他尽心辅导曾巩的文字，使其文字风格从笔势奔放、雄浑瑰伟，"渐敛收横阔"，终成蕴藉深厚、典雅平正、婉曲从容。

曾巩将未成名的王安石引荐给欧阳修，成就了日后的王安石。而欧阳修的慧眼识珠，方使39岁的曾巩终得功名。

在欧阳修眼里，"过吾门者千百人，独于得生为喜"，对曾巩赞不绝口："吾奇曾生者，始得之太学。初谓独轩然，百鸟而一鹗。"日后欧阳修被贬滁州，曾巩上书鸣不平，更作诗数首表达对恩师的敬重。

四

曾巩40岁才走上仕途。始派太平州，两年后被欧阳修举荐回京师编校史馆书籍。熙宁三年，他自求外任，先后辗徙 7 州。离开齐州后，老百姓为纪念他而修了南丰祠。据《宋史·曾巩传》记载，曾巩在福州为官时，福州府仅一块菜园，州府历来靠卖菜来贴补州官。但官府卖菜，无形间抢了菜农的生意。曾巩了解情况后，取消了菜园收入，曰："太守与民争利，可乎？"

曾巩的自求外任，其实与王安石有关。文学上的知音，不意味着政治上契合。他是儒家思想，王安石是法家思想。儒家站在民众的立场，法家则站在君王的立场。

苏轼的性格跟曾巩相反，曾巩隐忍，不合则避，苏轼却豪放不羁，有道家风范，一再与王安石对着干。

但撇开政治，他们的灵魂依旧契合。苏轼夸曾巩也是不吝赞美之词："曾子独超轶，孤芳陋群妍。"元丰二年，苏轼受"乌台诗案"牵连下狱，是王安石一句"安有圣世而杀才士乎"救了他。

王安石变法带来的弊端，引发各路非议，他被罢过相。次年虽然官复原职，可他是忐忑的，不安的："京口瓜洲一水间，钟山只隔数重山。春风又绿江南岸，明月何时照我还。"一年后，变法再次失败，其长子病故，极度悲痛的王安石毅然辞相，被外调江宁府，自此他称病在家，远离政治，成了名副其实的闲云野鹤。而那年，曾巩从襄州转任洪州。

曾巩的继母朱氏老了，曾巩只得上书朝廷，请调京师任闲职或就近任职。元丰三年的一纸调令，让他即刻改赴沧州。途经京师时，他想着，求见一次神宗吧。

神宗故意问曾巩对王安石印象如何，曾巩竟直言道，王安石虽极富才华但吝于改错。远在江宁府的王安石知道后毫不生气，他太懂得

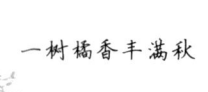

曾巩。

曾巩如愿以偿留在京师奉旨专典史事。依旧是妥妥的劳模一枚，他要报答皇恩。

元丰四年，曾巩出任中书舍人，不过百日便积劳成疾。当年九月，朱氏病逝。他不顾身体有恙，与弟曾布、曾肇一道扶灵，送母回南丰。

又是水路南归。自汴水南下，得经江宁府。

北宋汴梁的繁华，在《清明上河图》里便可一窥。唐诗宋词里的唐宋，是无数现代人频频的回望——指不定碰见李白、杜甫、王维，更指不定偶遇柳永、苏轼、曾巩……

过江宁府时，老友王安石登船吊唁。

继母病逝的悲，一路南归的累，将曾巩击垮在江宁府。王安石日日去探视。在乍到的暮年，在异乡，两人有了相依为命的感觉。可惜，纵使王安石遍寻名医，曾巩的病情仍不见好转。过往的芥蒂消散。两人的话题，关乎天下，关乎文学，关乎京师，关乎临川，关乎南丰，就是不关乎生与死……

玄武湖那年的大好春光，曾巩没法赏到。在最后的岁月里，在老友的陪伴中，他总是想起他的南丰，他的南源，看不到那年的新橘了。但想着快快好起来，赶回家赏橘花细碎羞涩的白，闻漫山遍野的香。

元丰五年暮春，曾巩溘然长逝。杨梅坑源头里村的周家堡，接纳了南归的曾巩母子。小山坡上，遍布已故的族人，橘树上缀满青涩的果。

3年后，又是暮春，王安石追随老友西去。而那年苏轼经由常州升任中书舍人。15年后，苏轼也驾鹤归去，后人方觉，三位大家都殒于

65岁。

宋朝文人间的交往模式，相互包容与成就，是一幅幅"文人相亲"的画卷。才华与才华的碰撞，碰出一个王朝绚丽的背影、一个民族文人的风骨。我们这群来到南丰的文人，想必都在思考，阶梯该用怎样的力量去攀爬。

原来，我们顶礼膜拜的不仅是珠玑文字，更是文字背后所折射的文人之间的人性光芒。

"曾巩以散文著称，也是一位被低估了的诗人。"曾巩纪念馆那位讲解员如是说。我寻来他的诗歌，《城南》中"一番桃李花开尽，唯有青青草色齐"，我又闻到了千年前的香。

相传，苏轼一直赏识和提携陈师道。元祐六年，苏轼任职颍州，终将想收陈师道为弟子的心思和盘托出。谁知陈师道以"向来一瓣香，敬为曾南丰"为由婉拒了。他委婉表达：当初既然拜曾南丰为师，就不再拜别人为师了。苏轼有遗憾，但他依旧对陈师道很好。事实上，是苏轼名气太大，陈师道怕拜他为师，有拉大旗作虎皮之嫌。

这阵子，我天天在白纸黑字里与南丰先生相逢。那一夜的梦里，我又与南丰先生不期而遇。他目光温暖，轻声问道："你在南丰寻到了什么？"我虔诚地说："我寻到了一瓣心香！"

是啊，南丰蜜橘的香在田野阡陌间弥漫了千年，南丰先生予以世人的香也飘散了千年；而他本人，不仅是南丰人心中的一瓣香，更是我心中永恒的香呀！

跳傩舞的少年

✎ 陈　晨

在广场上看到晓清的第一眼,我仿佛看到一只飞落在地上的鸽子。他穿着白衣白裤,夜晚的风吹动着他的衣裳,仿佛是鸽子扇动着翅膀下的风。但我看不见他的脸,他的脸藏在面具后面。那是一张寿星的面具,有前凸而饱满的额头,有长长的白须,有两坨腮红。他远远地站着,朝着我看,面具上的笑容慈祥而恳切,那笑不仅仅浮在面具表面,而是像埋在深处的波,从面具里面源源不断地传递出来。那一瞬,我感到一种远道而来被接纳、被善待的温暖。

那是我们抵达江西抚州南丰县城的第一个夜晚,我们正在试着伸出触须,去触摸一座陌生的城市。

去南丰之前,我查了有关南丰的资料。书上说,南丰地处武夷山下,盱江绕城而过,把南丰城勾勒得形若一张古琴,因此南丰又叫琴城。

这个说法让我欢喜,想想这张"古琴"恰巧隶属于抚州,抚琴有韵,山水清音,那该是一座多么雅致的小城啊,又想,南丰是唐宋八大家之一曾巩的故里，于是一想到南丰，便想到一个峨冠博带、目如朗星、颔下有须的古代才子，正端坐在秀山丽水之中，抚奏着古琴。这张古琴，安放在山水之间，安放在流水一般的岁月之间，弹奏过清风朗月、丽日和风，也一定弹奏过金戈铁马、凄风苦雨。

也许就是因为这个"形若古琴"先入为主的缘故吧，到达南丰，便感觉置身于一个巨大的古琴中，人便也成了古琴上跃动的音符，有了舞之蹈之的心境，有了闻鼓起舞的冲动。

夜幕降临，原本以为南丰城会按时开启静谧模式，抚奏一首安眠曲，让小城安然地睡去。然而，那只是我想象中的赣东小城夜晚的表情。

事实上，暮色中的南丰县城与其他城市并无二致。流光溢彩的霓虹灯柱把宽阔的市民广场团团围起，各种器乐声此起彼伏，炫动的灯光下，打太极拳的，舞剑的，跳广场舞的，各路人马自动划分好了地盘，正练得热气腾腾。这是随处可见的夜晚模式，从一个城市到另一个城市，几乎就是无数次的复制与粘贴。

熟悉的音乐和场景令人安心，不必因为到了一个陌生的地方而有所戒备。正值9月底，暑热已逝，秋雨未来，盱江上吹来的风，携来了橘子的清香。同行的老郭、老张和我，沿着市民广场的外围漫步，在橘香里谈天说地，四面是林立的高楼，熟悉而又陌生。

一阵激越的鼓声把我们吸引了过去，只见四五十个少年戴着一色的面具，手执木杖，正在广场上排演一种集体舞，在鼓声里，他们腾挪起伏，刚劲有力。

老郭刚刚还在当地的四特酒里微醺，听到鼓声，立刻清醒了，睁大

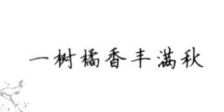

了眼睛，兴致勃勃地凝神观看。他告诉我，这群少年排演的舞蹈叫傩舞，这是江西南丰特有的一种舞蹈。

是南丰特有的吗？我对老郭的说法表示怀疑。

我读过贵州作家肖江鸿写的小说《傩面》，印象很深。小说写道：儿孙们掏出傩戏面具，龙王、虾匠、判官、土地、灵童，如此种种，往老颠东们面壳上一套，天地立时澄明。东头居首的刚才还垂死般，面具甫一套上，手掌上举，把面具摩挲一遍，就知道自己的角色了。"呔，土地老儿来也！"一声恶吼，老眼猛地一睁，刚才还混沌的眼神瞬间清澈透亮。可以不识五谷，可以六亲不认，可以天地混沌，可以指鹿为马，可是面具一上脸，老得发霉的记忆又抽枝发芽了。

他写的是贵州的傩戏。

眼前起舞的这一群少年，与小说里描写的贵州傩戏并不一样。他们不唱不念，伴奏也只有鼓和锣，咚咚锵锵，咚咚锵锵，简单、激越，让人的心跟着鼓点一起剧烈跳动。舞蹈的动作也并不复杂，来来去去几个程式化的舞姿，几乎没有刻意的大幅度伸展动作，似乎在有意的蜷缩中暗藏无尽的力量。他们刚劲质朴、威武粗犷的舞姿，让我想起上古遗风，想起远古时期的人类，先民们元气充盈的身体在自然地律动。

排演间隙，少年们稍事休息。其中一名少年双手扶着木杖，朝着我们张望，肢体语言传达出友好的信息。

老郭抓住时机，上前求合影。少年愉快地答应了。

我也上前，想一探究竟，面具后面到底是怎样的一张脸。

少年笑了，取下面具，露出一张英俊的脸，十七八岁的样子。

我们和少年攀谈起来。少年告诉我们，他叫晓清，他们正在排演的傩舞，是为曾巩诞辰1000周年庆典准备的。

老郭听了很高兴，说，我们就是为了纪念曾巩诞辰1000周年过来采风的，你们排演的傩舞说不定就是演给我们看的，想不到今天先睹为快了。

我有些好奇，问晓清，为什么你们跳的傩舞不唱不念只有动作？

晓清说，我们南丰的傩舞表演形式只有动作，叫作哑傩，是傩舞的一种，是我们这个地方独有的。

我问晓清，你是从什么时候开始学跳傩舞的？

晓清说，我家住在南丰县下面三溪乡石邮村，那是个傩舞之乡。我从小就是看着傩舞长大的。在我们家乡，每年从大年初一开始，一直到十六，天天都有傩班表演。每逢村里有婚丧喜庆，主人家也会把傩班请到家里，驱鬼、祈福。我和小伙伴们就喜欢跟在傩班后面，学跳他们的动作，耳濡目染，自然就学会了，一听到鼓声就想跳起来。

晓清说着，随手摆了一个傩舞的姿势，脸上的笑容清澈而灿烂。

锣鼓又起，晓清重新加入了跳傩舞的队伍。尽管他们戴着一模一样的面具，穿着一模一样的衣服，跳着一模一样的动作，但我还是一眼就能从人群中认出哪个是晓清。看得出，傩舞是长在他身体里的。他的每一个动作都很自然流畅，似乎不用头脑去支配，身体自己就听从了锣鼓的召唤，听从了大自然的召唤，随心所欲，自然而然。看着他青春的身体跃动的姿势，我又一次想起这块土地上先民们的身影。

回到宾馆，我们意犹未尽，又把南丰当地的朋友老李请过来喝茶聊天。老李对傩舞颇有研究，他告诉我们：南丰有傩，自汉开始。据记载，汉初，长沙王吴芮传傩于南丰西乡一带。傩舞是沿袭古代驱鬼逐疫的仪式"驱傩",历经漫长岁月逐渐演变而成的传统民间舞蹈。南丰的傩舞,因其动作简朴、刚劲,保持了较多的原始风格,所以被称为"中国古代舞蹈的活化石"。2006年5月,南丰傩舞被列为首批国家级非物质文化遗产。为了更好地传承傩文化,县里组建了傩文化生态保护专业队伍,做好傩舞队的培训,建立了南丰傩文化网和傩舞演艺中心,还在中小学校普及傩舞韵律操。近些年,越来越多的人走进南丰,观赏傩舞表演,也有越来越多的傩舞艺人正在走向全国、走出国门,让越来越多人喜爱傩舞。

当晚,跳傩舞的锣鼓声在我耳畔响了一夜。我仿佛梦见自己也成了傩舞队伍中的一员,戴着面具,虔诚地舞动身体,向鬼神祈祷,向天地祈祷。

第二天,在南丰的国礼园举行了隆重的采风活动启动仪式。国礼园其实是一个巨大的橘园,因为南丰蜜橘曾作为国礼赠送给斯大林而得名。此时的橘园,橘子已长足了个头,但尚未转黄,翠亮的橘子挤挤挨挨,一团团,一簇簇,把枝枝丫丫挂得满满当当。

红色的舞台就搭在翠绿的橘林里。简短的开幕式后,傩舞作为当地的文化特色登场了。在急促的锣鼓声里,两名穿着红色土布衣服的演员跳起了傩舞,他们头上的面具怒目龇牙,神情可怖。

当地的朋友告诉我,这两位是当地有名的傩舞艺人,他们表演的是驱鬼祈福的节目。

一名女游客不知来自何方,听到我们在小声议论,不以为然地哂笑道:"什么驱鬼呀,封建迷信。"

我无语,心里想,用今天的眼光来看,或许这样的民间舞蹈确实带着旧时代的烙印,但是,生活在这块土地上的先民,面对无力对抗的种种磨难和困境，傩舞曾经是他们心灵的安慰剂，扶持着他们走过人生的险滩，让他们的精神得以安放。

我由此也想到1000年前诞生在南丰这片土地上的千古才子曾巩。曾巩一生，命运多舛，少年丧母，青年丧父，入仕前也曾屡试不第，遭受种种磨难。在他痛失亲人、遭受种种打击时，在他躬耕陇亩、苦读南轩时，他也一定暗暗祈求过傩神的护佑吧？

那些跳着傩舞的人们，其实就是想表达人类不屈的抗争，表达对美好愿景的向往和祈求，尽管卑微，尽管渺小，却生生不息，绵延不绝。

台上的舞者还在铿锵有力地跳着。说实话，也许是因为两位舞者的年龄可以算晓清的父辈，他们在傩舞中浸淫的时间更长久，因此，比之晓清那一群白衣少年，他们的舞技更纯熟、更高超，也更原汁原味。但我一直在张望，盼望着晓清他们出场。等啊等，等到所有的节目都结束了，也没等到白衣少年的傩舞表演。

当晚，我去市民广场上散步，期待着再次与那群跳傩舞的少年相遇。广场上热闹依旧，但再也没有搜寻到少年们白色的身影。他们仿佛只是一群鸽子，停留在这个广场上，与我相遇，让我看到傩舞的样子，告诉我千百年来关于傩舞的传说，然后又倏然消失在蓝天里。

一时间，我怅然若失，转而又想，没有见到这群傩舞少年又有什么关系呢？只要知道这种古老的舞蹈还在一群少年的身体里生机勃勃地跳动着，还有什么可惆怅的呢？

盱江上吹来的风，携来了橘子的清香。在南丰的夜风里，我突然也想做一个古琴上的音符，听从身体的驱动，和着锣鼓的节拍，跳一段属于我自己的舞蹈。

最是橙黄橘绿时

✍ 董晓奎

"一年好景君须记,最是橙黄橘绿时。"在五谷丰熟、大地流金的美好时节,我跟随全国散文名家采风创作团来到了南丰,想不到,为期3天的采风居然是一场文火细煨的疗愈之旅,收获来得不动声色,令我颇为意外,感念不已。

为纪念曾巩诞辰1000周年,南丰人倾城而动,大街小巷欢歌笑语。一系列形式丰富、全民参与的庆典活动,将这座小城的历史内涵、文化意蕴、风格气韵生动地展现在世人面前。来南丰之前,我所栖身的传媒业又经历了一次变革,其实,这些年,我们所坚守的这片文学阵地一直不太平静,而这次风浪来得有些激烈,有些高亢。任你风高浪急,我自一蓑烟雨,可这次我们似乎难以平静笃定。处变不惊谈何容易?迷茫之中,欣逢南丰的召唤。不如归去,也无风雨也无晴……

往事越千年,南丰有"五千"。建于三国吴太平二年(257)、迄今已有1700多年历史的南丰,拥有千岁贡品南丰蜜橘、千载非遗南丰傩舞、千古才子曾巩、千秋古窑白舍窑、千年古邑南丰古城"五个千年"文化，是江西引以为傲的历史文化名城。在这个以变为常态的时代，南丰人守护着老祖宗留下的文化遗产，就像守护着他们赖以为生的橘园一样寻常。"这是最好的时代，这是最糟糕的时代"，英国作家查尔斯·狄更斯在小说《双城记》开篇写下的这句话，常被我们援引描述眼下这个时代。这个时代的美妙，就在于它处于悬念不绝、生机勃发的变革之中，时代的先声也总是从变革中诞生，而这个时代最为糟糕的桥段也往往发生在变革之中，比如对传统文化的漠视与糟蹋。文化是可以用来赚钱的，这无可指摘，但是文化倘若无法谋利，也绝不该成为我们漠视文化、抛弃文化的理由。南丰小城的父母官也许未必精通文化，但是他们懂得文化的价值和意义，也深谙文化的发展规律。文化是一座城市的尊严，老祖宗留下的文化遗产，我们一定要守护好，这既是生存的需要，也是历史的责任。从这个意义上说，南丰人守望他们的五大千年古文化又绝非寻常。

谈南丰千年古文化，断然绕不开南丰蜜橘。在北方，老人和孩子都爱吃的蜜橘居然产自南丰，这一行的北方女作家们都惊喜万分，有了这趟采风之行，从此在吃橘这件小闲事上就多了些资历。

南丰蜜橘历史非常悠久，众所周知，唐朝的杨贵妃好食荔枝，诗人杜牧为她这个嗜好写下"一骑红尘妃子笑"的千古绝句。其实，杨贵妃也爱吃橘，当年江西进贡朝廷的乳橘就是南丰蜜橘，据说很讨杨贵妃的喜欢。南丰被誉为"世界橘都"，蜜橘是南丰的财富，2005年便开始出口欧盟，因其小巧可爱、味美香甜而成为西方儿童钟情的圣诞礼物。毛泽东主席出访苏联参加斯大林70寿诞时，曾将南丰蜜橘与景泰蓝一起

作为国礼相赠。国家领导人邓小平、胡耀邦、温家宝等也都对南丰蜜橘赞不绝口，南丰蜜橘早已跻身国礼之列，伴随着几代中国人改革开放的奋斗历程。

台湾诗人余光中先生说："天下的一切都是忙出来的，唯独文化是闲出来的。"文化需要安静从容的氛围，需要一定的经济保障。陪同我们采风的当地作家过福堂告诉我，南丰全县32万人，有20万橘农，人均年收入超2万元，在江西连续8年名列第一。经济的富足让南丰人生存无虞，南丰人对文化事业的慷慨投入想必与经济自信有关吧。南丰人的价值取向一直都很清晰，经济实力固然是一座城市的形象，但文化是一座城市的尊严，缺少文化，漠视文化，糟蹋文化，良知何在？乡愁何在？子孙后代的福祉何在？

橘海风情，撩人心魂。采风启动仪式在一处橘园举行，迷失在橘园深处的作家们像孩子似的奔跑出来，作为南丰的客人，我们要站在最前列的。我落在队伍的后面，只好与一群参加启动仪式的南丰学子站在一起。主持人介绍南丰傩舞，并邀请南丰民间艺术家上台为来宾表演。我不知这个"傩"字怎样写，便向身边一学子求教。这个看似文弱羞涩的女孩子粲然一笑，便爽朗地向我讲起南丰傩舞的起源与发展。我看着她，似乎并不在意她所讲述的内容，而完全被她小脸上洋溢着的青春之气和自信光泽所吸引。我又问了她几个问题，女孩子从容不迫地将南丰的傩文化娓娓道来。女孩子说："阿姨，你像个记者，我将来也想当记者啊。""是的，孩子，我打北方来，投身传媒业很多年了，可如今这个行业正在经受磨难，何去何从，颇感迷茫啊。"女孩子挽留我在南丰多住几日，她告诉我，在接下来的庆典活动中，将有玻利维亚歌舞团、韩国凤山假面舞保护协会、博茨瓦纳迪韦采舞蹈团等24支来自世界各国的表演团体造访南丰。可以想象，几天后的南丰万人空巷，歌舞升平，此情此景，何其美哉，何其荣哉。南丰傩舞作为非遗项目自然要在其中大展异彩，如若有幸观看，南丰之行将更加圆满难忘。

远处有媒体在采访。或许，所有的安排皆可提前设计，但是我与南丰学子的即兴对话，却是无心插柳，真实又生动。守望精神家园，让文化遗产薪火相传，南丰人确实做到了。

南丰安排了当地的写作者陪同我们采风，他们来自各行各业，却有着相似的爱好和气质，闲余时间献身文学，专注写作。这些写作者是我了解南丰这座小城的一个窗口。我不关心他们写了哪些作品，我只观察他们的精神生态，一个人的谈吐、仪态甚至眼神与气息，都可能流泻出精神世界的内容。在教委工作的小泉如数家珍地向我介绍南丰文化，文化融入生活，已成为南丰人的心灵底色。南丰人步履从容、神色清朗，感觉皆是被时光善待、被文化滋养之人。

南丰之行对每位作家来说都是一次令人意外的精神补给，因为这里是一代鸿儒曾巩的故里。"向来一瓣香，敬为曾南丰"，曾巩学生陈师道的这句诗，凝聚了千百年来南丰人对曾巩的历史价值的深情守望。

曾巩，唐宋八大家之一，人称"南丰先生"，是临川文化的杰出代表，王安石称赞"曾子文章众无有，水之江汉星之斗"。在千年的岁月长河中，曾巩"为民、务实、清廉"的符号已镌刻在历史的年轮之中，为后人世代敬仰。

作为纪念活动的核心内容，我们用两天时间参观采访了所有与曾巩有关的文化项目，深切地感受到曾巩是南丰人的骄傲，是南丰的文学地

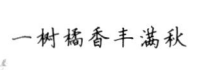

标，其精神品格也孕育了南丰人独特的精神风貌。

曾巩成长于儒学复兴、文化昌盛的仁宗朝，范仲淹、欧阳修等一代名儒所示范的"以天下为己任"的士人气节对他产生了深刻的影响，又亲眼看到儒学在现实中被尊为显学，受到统治者的大力倡导并占据主流思想地位，所以，曾巩格外重视文学与现实的关系，他强调文章应以治世、救世为宗旨，先道德而后辞章，文以载道，经世致用，才是一个文人价值的体现。

曾巩擅长写议论性很强的散文，文章主旨源于六经，又集司马迁、韩愈两家之长，章法严谨，长于议论，精于说理，却又不失温厚古雅的风范。他的很多文章直击政治生态，反映了他对社会治理的深层思考以及对民生的深切关怀。

作为官员，曾巩对社会问题的关注，可不是简单地提出一些无关痛痒的建议，而是直奔主题一针见血地指出症结所在，比如《救灾议》一文，开篇就以"百姓患于暴露，非钱不可以立屋庐；患于乏食，非粟不可以饱"立下全文纲目，接下来抓住"钱"和"粟"做文章，展开周密详备的论述。在文章中，曾巩直击两个真相：一是灾民"暴露乏食"的痛苦现状；二是官吏"救赈之薄"的冷漠现状。曾巩认为，"遭非常之变者，亦必有非常之恩，然后可以振之"，而破常行之法、拘挛之见的关键是深思远虑为百姓长计，否则，非但不能救济民生，还会出现一系列难以估量的弊害。长久以来，曾巩始终关注民生问题，他通过写作来表达他的治国理念和安邦情怀。其理念主要有以下几个方面：一是施行仁政的思想；二是居安思危的思想；三是以古鉴今、识时通变的思想；四是任贤纳谏的思想。这些观点显然是从儒家文化中汲取的精华，他也决意从儒家思想宝库中寻找解决现实难题的方法。

除了写诗、写散文，曾巩还写公文，古时称为"制诰"，曾巩精通典籍，运用文学家的古健笔法，援古证今，一派从容，将那公文写得庄重典雅，也是文学典范，这也充分体现了曾巩所主张的文章要经世致用的思想。

曾巩一生不得志，早年困于科场21年，中举后蹈厉于儒馆近10年，后又辗转各地任职12年，晚年受神宗知遇回朝担任中书舍人的时间也不长，他的一生与高官显宦基本无缘。其实曾巩在年轻时代功名心很强，人生苦短，磨难深重，他很担心自己无法实现人生抱负，在任何时代，庸碌无为都是男性所抗拒的命运。曾巩的人格特点、文化品格是在理想与现实的碰撞中产生的。当然，曾巩并不是一个性情激烈的人，虽然在现实中屡遭坎坷，但他并没有像柳宗元那样郁郁寡欢，也没有像韩愈那样激愤难当，而是在困境中涵养性情、砥砺品格，努力保持自身的纯洁性一直是他孜孜以求的修身目标。宦游九州，几经沉浮，他深深地明白，相对于人的内在精神而言，功名利禄只不过是外在形式，终将是过眼烟云，所以，他对个体道德修养的独立价值一直非常倾心，始终将圣人之道视为安身立命的根本，终生执守如一。

圣人之道是曾巩的精神支柱和思想归宿，自然也是他为人行事的至高准则，在外在功名难以把握的情况下，他以圣人之道构建一个精神自治的天地，这并非逃避，而是另一种意义上的安身立命，也具有抚慰世道人心的力量。

写这篇文章时，采风活动已过去很久了，北方的冬天已然来临，天地间一片肃杀，我们的改革还在进行中。几经浮沉，却从未沉沦。走过南丰的我，硬朗多了，也从容了……

早酒·水粉·红辣椒

秦锦屏

那天,我一大早逛出了酒店。

南丰的太阳羞答答的,像早起尚未洗漱完毕的胖姑娘,半侧着绯红的脸儿,几缕金发蓬松地侧分在白云边。

我在宾馆大门口跟门卫打听:"在哪里可以吃到南丰当地最受欢迎的早餐?"

左臂戴红袖章的门卫忙伸出胳膊左左右右地指点一番,又急忙补充道:"你是来采风的作家吧?我们酒店有早餐呢,7点整就开始了,样式很多,也有水粉……"

"水粉?哦……"我点点头,径直去了。异乡异客,独行的风景或许更美。

我以为时间尚早,其实长街的菜市场早已在雾气中苏醒了。一街两溜,各种肉类、果蔬排列有序。档口之外,还有像是临时划地摆卖的,他们就随地铺一个印花布,或一张塑料薄膜,摆上新采摘的红红白白的萝卜、青菜、辣椒、豆角等。街角旮旯处,一个皮肤黑而多皱的阿婆,守着个盛满鸡蛋的竹篮子,朝着路过的行人微笑不语,篮子里,插着用烟盒纸皮做的标识,写着"初生蛋"。我心念一动,这小巧的鸡蛋,若是给《红楼梦》中的刘姥姥用铁筷子来夹,不知能否夹住?估计,这鸡蛋的体格跟曹老笔下的鸽子蛋大小差不多吧⋯⋯

也许是晨雾未散的原因,空气中弥漫着各种湿润绵厚的香味,炸油条的油香,米粉店的酸香,新鲜果蔬的清香⋯⋯紧邻肉铺的一个"鲜榨水粉"店坐满了食客,桌椅简洁干净,男女老少食客团团围坐,还有一列排队的食客,依着店里细窄的通道,排成一个短小的蛇形队伍。

见我驻足店门口张望,一个穿红T恤、黑裤子,围着花围裙的女人冲我笑着张罗:"来哈,早酒、水粉、红辣椒!新鲜的哈。"

这个红火的早餐店,半边堂食,半边操作间,中间只隔着一个半遮半掩的窗口,似有意让食客看见热气腾腾的煮米粉的大锅,红彤彤的灶火台,咯噔咯噔切小菜的帮厨,唰啦啦洗碗、端送兼撤碗筷的小工。我毫不犹豫地加入了蛇形队伍中,翘首期待着。

侧身看,大口的黑锅上架着一个类似于我们陕北人压"饸饹"一样的铁头机子,正源源不断地往锅里"吐着"米粉。男大厨黧黑的额头上冒着绒汗,时不时抬起胳膊,用袖子抹去。黑衣黑裤的他,腰间却围着花色艳丽的女式围腰,被白粉涂染的大手,正一个接一个地往米粉机子里填送香瓜一样大小的米粉坨子,那润白细腻、水米和谐的米粉坨子,在他的推送之中,转眼就变成了列队整齐的米粉条儿,丝丝缕缕,跃入沸腾的黑锅里。黑锅里奶白的汤水咕嘟嘟地冒泡,欢畅地迎接着这白生

生、细长长的水粉……另一个帮厨的人,手里捏着一个大笊篱,顺着米粉滑下的位置,顺时针转动米汤,只消一两分钟,就将锅内的米粉用笊篱捞起来,倾入锅台旁的一个大水盆里,等在那里的一双手,仿佛抽扯蚕丝一样,"嗖嗖嗖"抽起一缕浸过冷水的米粉,放入青花瓷碗中。这一碗一碗又一碗的粉,被掂着勺子的厨师依次灌入红肉汤,撒了绿葱花,香气四溢地送到了餐桌旁……

在前厅与后厨间满场飞的花围裙女人,仿佛后脑勺上也长着眼睛,这里米粉的浇头刚一灌入,她立刻麻利奔过去,双手端两碗,吆喝着:"来了,水粉两碗……要早酒不?"

"要要要!"一男食客飞快抽起一双筷子,三下两下扯掉包筷子的塑料皮,迫不及待地说。

早酒!什么是早酒?

我扭身发问。前后排的两个热心食客都搭了腔。我这才知,桌面上,与水粉并列摆放的青花瓷碗里,装的并不是白米汤,是他们当地人自酿的一种米酒。他们把早餐时喝的酒叫早酒。

一碗米粉,一碗早酒,再加一碟红辣椒,是南丰人最心仪的标配早餐。少一样,老表们都嫌不得劲儿。

说话间,那要早酒的食客已在半眯着眼睛喝酒了,青瓷蓝花酒碗送到嘴边,嗞溜一口,已喝掉了 1/3。见我盯着他看,那老表突然有些害羞了,扭转个侧身,埋下头去吃粉,一筷子捞起来粗粗的一大股,吞入嘴里,脖子向前伸着,可劲儿吸溜,远远一看,并不以为在吃粉,像是黑龙喷白浪……

终于盼来了属于我的这一碗水粉。在接过粉的同时,我被那笑容可掬的"满场飞"问道:"要不要早酒哇?"

我说:"我酒精过敏哪!"

本来是句大实话,这时候却说得有些心虚。刚排队时给我解答的人恰与我比邻而坐,他侧身对我说:"在南丰,吃米粉不要早酒、不要辣椒,等于没吃呵。这个米酒,很好,不会醉人的,尤其是对你们女人好。我们这里,穷的时候呀,早酒,那女人只有坐月子才有得喝呢!"

另一个及时补充道:"啧!穷的时候?过年才有得喝呢。耐心等满一年了,一喝,就喝醉了。为嘛样呢?常常是喝着喝着就忍不住划拳了,反正'人情一把锯,有来就有去',拳一划,就高兴,划着划着就喝醉了,然后变成了:扶着墙进来,扶着墙出去。"

见我在愣神琢磨。那人已经笑得发抖了:"扶着墙进来,那是饿得撒,扶着墙出去,是米酒喝醉了撒!"

"啊!那我不敢喝了,喝醉了就麻烦了!"我忙说。

话音刚落,旁边又冒出一个擦着油嘴准备结账的人,笑说:"嘿!哪里那么容易醉撒。你一不划拳,也没人拉住你劝酒。现在的米酒,度数不高,跟糖水一样的。"

"就是嘛,现在粮食够,油水厚,没有人像先前那么馋酒、拼酒了。这叫幸福生活天天过,米酒天天做,你放心喝,度数不高,保准不醉,而且保你喝了还想喝……"先前发言的老表,此时又接了话头儿。

眼见左左右右的老表都这么热情,我再不能推辞了,放大胆子,学着他们,新鲜压榨的水粉里加入点红辣椒,微微地酸,微微地辣,然后再喝一大口米酒,哇,绵柔的甜……这感觉,怎么说呢,让人想起一句

广告词：爽歪歪！

就在这家"过早"的小店里，我了解到，当地人特别喜欢吃新鲜压榨的米粉，尤其喜欢早市里用新鲜肉做的米粉浇头，所以这家紧邻肉铺的粉店生意格外好。新鲜的水粉是有一点点酸的，这恰恰代表着新鲜，没有添加防腐剂。

热心的老表们争相告诉我，社会发展快了，人的观念变了，吃东西讲究新鲜、营养、健康。有了这个思维，环境也就跟着变了，山变绿了，水变清了，良性循环，吸引来的外地游客也多了，村民们因此扩开了眼界，打开了思路。近年开发了山水资源、文化资源，把漫山遍野的橘子变成了风景，变成了独特的物质资源，富了口袋，还挖掘"南丰七曾"的史料，把文化名人变成属地名片，又富了脑袋……

因集合的时间快到了，我急忙告辞，起身走出了水粉店。

透过带状的长街，极目远处的青山绿水，此时的橘海尚是碧浪滚滚，遥想，再过一阵子，橘浪层层金黄，漫山遍野亮起一树树橘灯……多美呀！如果，那时节，能挎着篮子穿行于莽莽橘林，耳畔再伴有声声山歌，更美呀！心里美滋滋地想着，耳畔仿佛就有歌声随着飞起了。

哎呀嘞……
什么闪闪在半天，
什么圆圆水中间，
什么圆圆街头卖，
什么甜甜在心间。

哎呀嘞……
星星闪闪在半天，
脚鱼圆圆水中间，
橘子圆圆在街头卖，
日子甜甜在心间嘞……

一树橘香南丰来

✎ 张立华

你要问我，何时是南丰最好的季节？当然是这个蜜橘飘香的绚丽秋天了。我是 9 月下旬来到南丰的，正是天高云淡、地阔草荣、果之初熟之际。以前去旅行，每到一地，总期望遇到心目中的梦幻之境，但许多画面还未定格就稍纵即逝了，那些所谓的岁月静好、诗和远方也似乎遥不可及了。

于无声处听惊雷，于无色处见繁花。只有在这绝美的妙境里才能发现一个地方的神奇魅力。这样的秋天、景致、意蕴，是我行走在南丰县才体验到的。

车行进南丰境内，漫山遍野的蜜橘树散发出的缕缕清香扑面而来。车行绿波上，人在画中游。我仿佛遁入了一个世外桃源，远处飘来一曲悠扬的南丰之歌。

南丰建县于三国吴太平二年（257），迄今已有 1700 多年的历史。它被誉为"世界橘都，中国傩乡，休闲南丰，曾巩故里"。千岁贡品——南丰蜜橘，千载非遗——南丰傩舞，千古才子——曾巩，千秋古窑——白舍窑，千年古邑——南丰古城，如今已经成为南丰县五张亮丽的名片。

南丰县种植蜜橘已有1700多年，而至曾巩出生时也有700多年的历史，原来这南丰蜜橘种植史，还蕴藏着曾巩先生的文化内涵和气息。过去我只知道曾巩是北宋著名文学家，不清楚曾巩生长在这样一个富饶的橘香世界。他让我心生一份羡慕和敬意，期待着对那段历史的探秘。我流连在盱江岸边，探寻着曾巩的足迹。当年曾巩走遍大江南北，为官一任，造福一方，他的政绩流芳百世，一生清正廉洁，成为从政者的楷模。

曾巩先生在他的仕途生涯中也屡遭挫折，与时势的不和，与友人观点的不同，使他无所适从，以此对世事发出了痛苦的心声，正如他自己所说的是"丹青有形尚如此，何况无形论是非"，抑或是"度成新曲无人听，强向东风空泪垂"了。他被尊称为"南丰先生"，被后人推崇为"唐宋八大家"之一，曾巩已经成为千百年来南丰最闪亮的标志。

人生就如一部大戏，跌宕起伏，峰回路转，仕途的不顺，让他对生命的思考更加深刻，他对文学的贡献可谓翰墨丹青，让我们在这个繁华的世界里擦亮眼睛，发现另一个不一样的文坛流派。我想这就是曾巩成功的人生写照。他给后人留下了宝贵的精神财富，南丰这片土地从此也充满了文化魅力。

在南丰县历来有这样的谚语，"不见北京金銮殿，只看渣坑曾巩祠。"渣坑曾巩公祠始建于宋乾道八年（1172），它位于盱江东岸，与军峰山遥相对望，依山傍水，景色宜人，现已历经8次修建，存世有

800多年。祠堂的多次重修都是对他崇高精神品格的再塑和弘扬。那年曾巩先生在调离齐州（今济南）时，齐州的黎民百姓闻讯后纷纷涌上街头，拉起吊桥，关闭城门，来挽留这位父母官。曾巩先生为不扰百姓，只好在夜深人静的时候悄悄离开，留下了一段佳话。齐州的百姓也建祠纪念，以表感念。这正体现了曾巩先生对民众的关心、对社会的深思，及其清正廉洁的思想品质和强大的人格魅力，这些最终成就了他的辉煌人生。

在南丰短暂的几日，我们回望了南丰的辉煌岁月，追溯了南丰的历史文化，感受到了南丰的蓬勃发展力量。南丰人的脸上洋溢着自豪感，曾巩先生已成为南丰的文化象征，只有在这片土地驻足心定，才能发现不一样的多彩南丰。

在中国丰收节之日，傩舞之乡的民间艺术家们精湛而又灵动的表演，带给我们更多的是中华灿烂文明的独特魅力，这一座非遗文化的宝库为橘乡走向世界提供了强大的文化源泉。

南丰县的国礼园弥漫着阵阵橘香。毛泽东主席将南丰蜜橘作为国礼赠送给斯大林的故事早已广为流传。这每一颗橘子都饱含着中国人民的智慧、情感和汗水。

你能说橘子没有灵性吗？此时此刻，满树的橘子嫩绿欲滴，正散发着青春朝气，再过一两个月，整片橘园就会金黄一片，摇曳多姿，成为黄绿相间的海洋。每到收获时节，南丰人身体里的每一个细胞都会沸腾起来，笑声播撒在幸福的田园：收橘子了，收橘子了。这飘香的季节，绝对是一个视觉和味觉的南国盛宴。

南丰人都是追梦者，他们把情感寄托在种植橘子、采集橘子，打造南丰的独特品牌，让每年 26 亿斤的蜜橘源源不断销往世界各地，让南丰蜜橘走向五湖四海，传播中国的故事。我想，留存在橘香中的那份自信才是南丰人内心的自豪。

当我在橘海中漫游的时候，突然被这香芬的气息包围着。一阵微风吹过，一个个如泽蜡、似凝脂的蜜橘像小娃娃般乐哈哈，犹如儿时的情境在这片梦幻的世界里重现。

浮生偷得半日闲。我带着一身橘香，泛舟横渡秋天的潭湖，两岸的山峦绿意盎然。桨声与鸟声共鸣，明亮动听，飘荡在云水之间。潭湖在湛蓝的天空下，波光粼粼，涟漪不断。湖光山色间，各色花朵如婀娜多姿的仙女，飘落在水面上，别有韵致。

我试问，当年曾巩先生在孤独苦闷的时候，面对空荡寂寥的盱江，或是在潭湖上泛舟，看到南丰秋色是怎样的一种心情？是否也遥想过1000 年后的今天，他给南丰留下的精神印记必将载入史册？如今，南丰先生的伟岸形象已在赣南大地高傲地存在着。我们今天纪念他，也是对他最好的告慰。回望千年之路，铭记先人的奋斗历程，对未来美好图景展开新的畅想。

观景必上高处，人要有岩羊一样坚韧的决心登上悬崖顶峰，才能极目远眺。领略南丰的千年秀色，遥看碧波上的闪亮明珠。这是南丰的山，是一座坚不可摧的百姓靠山。

军峰山就像一个威武将军，驻守着辽阔的红土地，护佑着这片土地上的人们。军峰山是抚州的最高峰，也是江西省的最高峰，它比庐山还要高，海拔 1761 米。据说曾经有一个英武少年，17 岁离开南丰县，走出大山，报效国家，从戎当了将军，直到 61 岁才落叶归根，又把自己

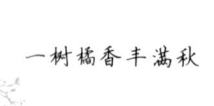

的聪明智慧奉献故里。如今，更多的有为青年在大千世界百炼成钢，回归南丰，报效乡梓。

军峰山的晚霞刚刚擦肩而过，南丰的夜说来就来了。这样的暗夜虽然看不到月亮，但愈加显得幽静。夜色中夹杂着一缕橘香，在湿润的空气中变得更加芬芳怡人，而夜空里那几颗亮丽的星斗却在静谧中释放着璀璨，为这片沃土铺上一层神秘的面纱。悠扬的琴声从远处飘来，带给琴城迷人的醉意。每一颗橘子都被优美的旋律爱抚着，它们藏进温暖的绿叶中，慢慢进入梦乡，在睡梦中生长出一丝丝甜蜜的味道。

这月夜下的每一个橘园里，是什么在散发魅力呢？我想是南丰橘农的笑靥。这份温暖和喜悦汇成的情感之波扩散到方圆几十里。眼前这一树树橘香，幻化成祭拜南丰先生千年诞辰那缕燃不尽的绵绵情思。我想，南丰先生没有离开他的故乡，也从未走远，他一直在关注这片他爱着的土地。

橘乡夜未央。小城节奏舒缓宁静，行进中的一群妙龄女子倩影妩媚，清秀的脸庞流露出温馨与幸福，收藏着内心的美好，给这座城市带来了些许温情，让南丰的夜色在柔美中变得神秘安详。

在盱江两岸，那橘园经过岁月的光合作用，从霜雪欺凌、风雨送春，到花开伊始、蓓蕾满枝，吸收世间万物的精华，每一朵花都散发着芳香，弥漫在南丰的夜空，迅即又飘进了整个江南地区。在盱江的静水深流中，传来悠远的声音，仿佛吟唱着一首千年古歌。

不论是放眼军峰山、观必上乐园还是潭湖，都是满眼的绿意，这是南丰人铸就的大美，这么丰饶的养生乐园，为每一位宾客带来快乐和健康。生态旅游和文化建设是南丰县走向文明发展的一个标志。这是乡村振兴给他们带来的红利，也使南丰在发展理念上有了新的定位。这是南丰人集体智慧的结晶。他们依恋这方热土，为它奉献着自己的才智和心血。

南丰采取引进来走出去的策略，拓展巨大的发展空间，为南丰的未来推开了一扇明亮的窗。这丰硕的田野，不正是南丰人千年的梦想化成了现实中的永恒？这古往今来形成的文化积淀是南丰人保存在岁月中的生活和记忆。这坚定的脚步，豪迈出南丰人的梦想、希望与未来。南丰随着新时代的发展羽翼渐丰，即将迎来它的高光时刻。这是新时代给予南丰人最大的回报。

从我第一眼看见南丰美女的微笑，到几天来与南丰人纵论南丰的前世今生，南丰人都带有一种由内而生的情怀，带有对这方故地的憧憬和爱戴。南丰的男人如军峰山的正直刚毅，充满着奋进的精神，南丰的女人似潭湖水的柔美温润，散发着橘香般的甜美。

这一树树橘香飘向神州，走向世界，浸润着每一个人。南丰人的拼搏之歌、青春之歌和幸福之歌传遍大江南北。这芬芳不仅夹杂着果香，也夹杂着文化的馨香，这力量的源泉来自南丰先生的精髓，靠一代代南丰人不断传承和弘扬，更是新一代南丰人竭尽全力、负重前行、努力攀登的结果。一个新的南丰必将以新的姿态奔向未来。

历史走到今天，时代的纹理已清晰可见。它不会因为你封尘多少年而落寞，只要有一束阳光照进来，就会放射出夺目的光芒。

离开南丰才感觉到南丰的魅力。不管是遥看军峰山耸峙，还是近抚盱江水微澜，此刻它们都融入秋水长天共一色的烟波浩渺之中。而南丰

先生那些不朽的诗句，伴随着一缕缕橘香，浸润着这片土地，丰盈了南国秋色。也许，这就是我追寻中的诗和远方。

许多的风景都会成为过眼云烟，但留存在内心深处的总是那些挥之不去的情感和暖暖的画面。它们像一壶美酒散发着清香，慢慢滋润着我的内心深处，想起这些美好的瞬间，那意犹未尽的滋味始终让我难以忘怀。

后 记

2019年9月，曾巩1000周年诞辰系列纪念活动承办方与中国散文学会联合邀请并组织了全国30多位散文名家走进南丰，开展以"魅力南丰·秋谷丰登"为主题的文学采风行活动。在历时三天的采风行活动期间，作家们不辞辛苦，走遍南丰的山山水水，探究南丰的历史沿革、风土人情，全方位领略曾巩故里、橘都南丰的美丽风光。他们个个感慨万千，挥毫抒怀，从文学视觉出发，以散文形式将南丰深厚的文化底蕴、浓郁的地方特色，尤其是改革开放所带来的全新变化倾注笔端，充分展示了南丰所特有的魅力。

此次活动共收到31篇散文佳作。这些佳作无不凝聚着作家的智慧和对南丰的独钟，我们把这31篇散文佳作编辑成散文集，取书名《一树橘香丰满秋》。

关于"散文"，记得有位作家大致做了这样的表述：散文作为大众情人，于芸芸众生而言，无论是认真或不认真地生活，也无论是否酷爱和思考过这种朴素的艺术，它都将弥散于我们生存的每个瞬间，而且它不应该以此而落俗。散文集《一树橘香丰满秋》用朴素的语言，记录了南丰穿越一千多年时空的历史巨变。在这 31 篇散文佳作里，有对曾巩的崇拜与追念，有对南丰傩文化之神奇的赞美，有对南丰蜜橘特色产品的钟爱，有对南丰的经济建设、文化建设所取得的辉煌成就的热情讴歌等。这些都充分体现了作家们的用心用情，体现了他们深爱南丰的真挚情感。在他们的笔下，南丰简直就是一个多彩的世界。

散文集《一树橘香丰满秋》就要付梓出版了。它的问世，为纪念曾巩诞辰 1000 周年献上一份大礼。在此，我们感谢中国散文学会的大力支持和精心组织；感谢 31 位散文名家，是你们的神笔之功把南丰渲染得如此美丽，如此充满生机；感谢为该书出版而默默付出的所有人！

江西省历史学会曾巩文化研究专业委员会

2021 年元月